THE ALCOHOLICS JIM THOMPSON

ドクター・マーフィー

ジム・トンプスン

高山真由美 訳

文遊社

ドクター・マーフィー

1

彼のほんとうの名前はパスツール・セムルワイス・マーフィーだった。当然ながら、自分ではドクター・ピーター・S・マーフィーと縮めて名乗った。患者や同僚にはむしろこちらの名前で知られていた。心のなかでは自分のことを恐ろしい、絶望的な名前で罵っていた、その名前が生まれたときの苦悩そのままに。**おまえ！**と彼は獰猛にうなるようにいうのだ。**この薄ら馬鹿ののっぽ！ ひょろひょろのろくでなし！ 痩せっぽちの、赤毛の、低能野郎！**

ドクター・マーフィーが軽蔑に満ちた罵倒を自分にぶつけるのは昔からだった。だがこんなに頻繁に、しかも強烈に自分をけなすようになったのは、アルコール依存症患者専門の最新の療養所〈エル・ヘルソ〉の所有者になってからだった。それまでは、自分のことをインチキ野郎と呼んだことはなかった。延々とつづくマーフィー対マーフィーの裁判記録のなかで、被告側がはなはだしい無能の罪に問われたことは、以前には決してなかった。それなのに——妙なことだが——奇跡でもないかぎりきょうの仕事が終わるまでに〈エル・ヘルソ〉と縁が切れることが確実になったいまも、訴追側の手が緩んだり変化したりすることはなかった。それどころか今夜療養所を閉鎖したら、この不首尾を、仕事をしくじったことを、何もかも台無しにしたことを、ほかのあらゆることとともに告発されるはずだった。**くそっ、最悪だ！**

エル・ヘルソは、ロサンジェルスの街の南端から太平洋を臨む崖の上にちょこんと乗っかるように建っていた。化粧漆喰とタイルのごちゃ混ぜになった建物で、よくいえばスペイン風地中海建築、悪くいえば〝カリフォルニア風ゴシック建築〟のスタイルだった。もともとは無声映画の俳優の家であり、彼の悪趣味についてはいろいろといわれてもいたようだが、この俳優の場合、声が趣味よりはるかに悪かった。

実際、この建物はそこまで眼に不快な代物でもなかった――ドクター・マーフィーにとってはべつだったが。

長く細い脛《すね》が色褪せた赤の水泳用トランクスから突きでている。善良なる医師は砂浜に腰をおろして太平洋をぼんやり眺めていた。眼には四月の日射し、心には北極の流氷を抱きながら。それまで三時間ほど泳いでいたのだが、大波の懐《ふところ》にとらわれてぐるぐる回り、溺れかけたところで砂の上に放りだされたのだった。白波は吐きだすようにマーフィーを打ちあげながら――当然だ、わたしは海にさえ吐き気を催させるのだ――同時にずるずるとした大量の海藻のなかに彼を埋《うず》めた。

息も絶え絶えにそこに横たわり、黒い触手のようなごみにくるまれていると、痛烈な一節が思いだされた――あれはウェルズだったか？　そうだ、『世界史概観』だ。〝文明は海辺の粘土《ねばつち》から発してこの段階まで発展し……〟。おのれのひどいありさまからの連想でこれを思いだしたことに、マーフィーは自虐的な喜びを覚えた。

生命の誕生から一億年……で、結果はどうなった？　明らかではないか？　クズの集積だ。波間に浮かび、沈んで消えるだけの潔さにすら欠ける、意志力の欠如した代物だ。

ドクター・マーフィーは溺死するつもりで海に入ったのだった。いい考えのように思われたのだ、こうでもしなければ解けない問題をすっきりと科学的に解決できる方法のように。心の声がいうには、そこにあるのは降伏ではなく勝利、出口ではなく入口だった。その直感が信頼できるのか、声は正しいのかどうか確信はなかった。もしかしたら、いい考えではなかったかもしれない。もしかしたら、航海の行きつく先は燐光を発する海底の泥だったかもしれない。しかし——そこが問題だった、確信がないというところが。試してみもせずに、いったいどうしたらそれがいい考えかどうかわかるのだ？

そしてもし自分の考えにもとづいて行動する気力がないのなら——考えたとおりにやってみる度胸がないのなら——考えることになんの意味がある？

「いちどだけ」マーフィーは冷ややかな青い眼を海に向けてしゃべった。「もしいちどきりでも、このろくでもない人生でたったいちどでも……」

人生はドクター・マーフィーをひどくなぶり、嘲った。つねに眼のまえに問題を突きつけ、ひとつの問題につきひとつきりの解決策を差しだした。マーフィーには決して使うことのできない解決策を。

この苛酷な嘲りがはじまったのはもう何年もまえ、彼がドクター・ピーター・S・マーフィーになるずっとまえのそばかす顔の子供だったころ、ドク・マーフィー・シニアの息子パスティーだったころだ。そのころからすでに、人生は彼に問題と答え――これしかない、という答え――を与えていた。それによってまわりの世界が乱されることはなかった。たとえば犬が一匹叩き殺されたとする。その問題はすぐにドク・マーフィー・シニアの息子に差しだされ、具体的に何がなされるべきかがほのめかされる……そもそもなされるべきことがあればの話だが。町のほかの人々は心乱されることもなかった。彼らは忘れることを許された。じつに嘆かわしい、悲しい出来事だが、忘れるにかぎる、というわけだ。しかしパスティー・マーフィーはちがった。何か行動を起こさなければならなかった。そして妥当と思われるひとつのこと、そのたったひとつのことが彼にはできなかった。そう、鞭を調達することはできた。待ち伏せにうってつけの場所を見つけることもできた。鞭を肩にかけて暗がりのなかで黙って待つこともできた。しかしそれで全部だった。彼にできるのはそこまでだった。犬殺しを殴り倒すことなど――犬殺し野郎の腐りきったケツをナスの色になるまで叩きのめすなど、できるはずもなかった……。

以前、ベルヴュー病院でインターンをしていたあいだに、ドクター・パスツール・セム――つまりドクター・ピーター・S・マーフィーは、マンハッタンじゅうの垂涎の的、とてもいうべき看護婦のまえにできた行列に加わったことがあった。おわかりだろうが、彼女はべつに器量を鼻にかけていたわけじゃない。しかし彼女のまえでは多大な努力が必要だった。若きドク・マーフィーは何カ月もその努力をつづけた。そしてとうとう勝利は目前、もうしくじりようがないかに見えた。堅実な最後の一手で大当たりをものにできそうだった。そこで彼はなけなしの二十ドルをたずさえ、さらに二十ドルの借金をして、彼女をナイトクラブに連れていった。だがそこのウェイターは——白いタイを締めた彼の魂に呪いあれ——無情にもふたりを鼻であしらい、マーフィーの面目をつぶした。そのウェイターのせいで、ドク・マーフィーはしみったれで野暮な小者に見えた。彼女を手に入れるにふさわしからぬ、見さげはてた男のように見えた。

ドクター・マーフィーは先端を外に向けてステーキナイフをテーブルに置いた。それから何げなく肘をナイフの柄に乗せて待った。あいつがわたしから奪ったものを、わたしもあいつから永遠に奪ってやると固く決意していた。だが、できなかった。チャンスは訪れ——去っていった。最後には、ふたりはこっそり逃げるようにナイトクラブをあとにした。ウェイターを無傷で勝ち誇らせたまま。

さて現在、数百メートル離れた海岸の湾曲部のあたりに小ぎれいな青いトレーラーが停まった。ドクター・マーフィーがふり返って見ると、ちょうど男がドアから身を乗りだして手を振っているところだった。手招きしていた。マーフィーは唸り声をもらし、悪態をついた。

あの男とは話をしたくなかった。元海軍衛生下士官にしていまはエル・ヘルソの夜間付添人、夜間看護師、夜間のすべてをこなすジャドソン。あの男からの小言など聞きたくもなかった。たとえどんなに慇懃に、巧妙に口にされたとしても。いっそ鼻先に親指をあてて手をひらひらさせてやろうかと思った。なぜいけない？　だいたい、ここの医師は誰なのだ、わたしか、ジャドソンか？　しかしマーフィーは立ちあがり、よろよろとトレーラーに向かった。

夜勤を終え、もう何分かのうちに寝るばかりのはずなのに、ジャドソンは白い制服から、染みひとつないベージュのスラックスと半袖のスポーツシャツに着替えていた。ジャドソンがそういうきちんとした、清潔な様子でいるところを見ると――この男の整った黒い顔、知的で澄みきった眼を見ると――ドクは自分が不潔でみすぼらしいように感じられて気詰まりだった。どういうわけか恥じいるような気持ちになった。ジャドソンは黒人だった。でなければもっといい仕事に就けただろう。ジャドソンは砂の上に広げた小さなテーブルにコーヒーを出した。煙草を差しだし、気持ちのいい朝ですね、と礼儀正しく述べた。ドクター・マーフィーは警戒しながら待った。

「先生、いいたくはないのですが――」

「だったらいわなくていい」マーフィーは唸るようにいった。「いや、つづけてくれ。胸のつかえを吐きだすといい」

ジャドソンは口をつぐみ、重々しい表情でマーフィーに眼を向けた。

ドクター・マーフィーは謝罪の言葉をぶつぶつとつぶやいた。「わかっているよ。ルーファスにはひどく乱暴な口のきき方をした。あれはよくなかった。だがね、ジャド、やつの馬鹿げた態度ときたら！　一分でも眼を離そうものならあいつは――どんな様子かは、きみも知っているだろう」

「ええ」ジャドソンはうなずいた。「だけどあれはよくなろうとしているだけなんです。彼なりに野心があるんですよ」

「野心ね」医師はぴしりといった。「学びたい気持ちはある、と。結構。ならばなぜ正しいやり方でできない？　なぜもっと、そう、きみのようになれないんだろうか」

「ルーファスは僕じゃないからですよ」ジャドソンは気安くそういった。「それとも、黒人はみなおなじような能力を持って生まれ、おなじような機会に恵まれるとお考えですか？」

「知ったことか」ドクター・マーフィーはうんざりした声でいった。

「それに、じつのところ」ジャドソンはつづけた。「ルーファスのことをいうつもりじゃなかったんです。その必要はなかった。僕が見たところ、先生は自分の言葉で少なくとも彼とおなじくらい動揺して――」

「馬鹿な！」医師は嘘をついた。「わたしはいうべきことをいったまでだ」

「……ほんとうにお話ししたかったのは、ミスター・ヴァン・トワインのことです。彼はここにいるべきなんでしょうか、ドクター？　ロボトミー手術を受けた患者ですよ？」

「ここはアルコール依存症患者の療養所だ。彼も依存症患者なんだよ」

「なるほど」

「いい、いいや、ほんとうのことだ。ふつうの患者より悪い……精神病質の依存症なんだよ。これがほかの人間なら――金のないやつなら――トワインがしでかしたようなことをしたらいかれたやつの入る病院かアルカトラズ行きだ。まったくね、運がよかったんだ、法廷がこんなチャンスを与えたんだからな。前頭葉の手術を受けさせるという。さもなければ――」

「手術はニューヨークでおこなわれたんですよ、先生」

「それのどこがいけない？　手術を受けるのにきみならいったいどこに行くっていうんだ？」

「ニューヨークです。で、僕ならその後もそこにとどまりますね、手術をした外科医たちのケアを受けながら。ぜったいに考えられませんよ、術後数日で大陸を横断してこんなうさんくさい……あ、ええと――」

日に焼けることのないドクの青白い顔が赤くなった。「わたしのようなヤブ医者のところに？」

マーフィーは詰問するような口調でいい募った。「三流大学で卒業証書をもらったヤブのところに？　ふざけるな、くそっ、もしここをもぐりの病院にしていれば――銀塩やらストリキニーネの原料やらを一包五十ドルで売ったりしていれば――いまごろはうなるほど金があっただろうさ。なのにこんな……こんな――」

「あなたの高潔さとか」ジャドソンは口をはさんだ。「あなたがここでやろうとしてきたことを僕ほど高く評価している人間はいませんよ、先生。だからこそ理解できないんです……彼はこれからもずっとここにいるんですか？」

「わからない」ドクター・マーフィーはぞんざいに答えた。「昨夜はどんな様子だったかね？」

「ひどかったです。十二時くらいまで起きていて。手に負えなかった。鎮静剤がまったく効かないんですよ。痛々しくて見ていられなかった。僕に向かって何か話そうとするんですが、受けるべきリハビリを受けなかったせいで――」

「もういい！　なぜわたしを呼ばなかった？」

「まさにそうしようと思ったとき、トラブルに気がついたんですよ。それで、シーツをはがしたり……」

ジャドソンが説明すると、ドクターの眼のなかで怒りの炎が踊った。

「あのクソ女か！」

「そうです。きちんと資格を持っているはずの看護婦がどうしてあんなことをしでかすのか、理解に苦しみますね。患者の扱いにかんする訓練をほんの少しでも受けているならありえない」

「それは……」ドクターはしかめ面《つら》でジャドソンを睨んだ。「ニセ看護婦だっていうのならまったくの見当ちがいだ。紹介状はわたしが自分で確認した」

「彼女がきちんと登録された看護婦だってことは疑っていませんよ、先生。ただ、紹介状なんかどこでも簡単に手に入る、とはいえるかもしれません」

「だが、わたしは……きみがいおうとしているのは――」

「ひとつだけです。つまり、こういう場所で働く理由はふたつしかないってことです。あなたのように利他主義から、依存症の患者を助けることにほんとうに関心があるから――」

「わたしが？　まあ聞いてくれ。もしも世界じゅうのアル中どもがあしたくたばるとしたら、こんなにうれしいことはないね。神かけて本気だ！　わたしはあいつらが大っ嫌いなんだよ」

ジャドソンは穏やかな笑い声をあげた。ドクター・マーフィーはジャドソンを睨みつけた。「とにかく、それがひとつ」ジャドソンはつづけた。「残念ながら少数派です。では、もうひとつは？　ええと、これはさらにふたつに分かれるんですが。ほかの場所で仕事に就けないから。あるいは、アルコール依存症患者の療養所というのはほかの場所よりもアブノーマルな欲求を満たすチャンスがあるからです。患者が人目を避けたがるおかげで」

「しかしきみが考えているのはまさか——」

「これだけです、先生。ぼくがいいたいのはこういうことです。こんな世のなかで、ヴァン・トワインみたいな人が無力な愚か者として生きるように仕向けるのはひどすぎるってことです」

「誰が仕向けたというんだ？　だいたい、どうしてトワインが白痴になっていないと思えるんだね？　ロボトミー手術はとてもじゃないが完璧な治療とはいえない。最後の手段なんだよ——これ以上失うものが何もないというときの。わたしがトワインをそんなふうに追いこんだなんて、いったいどこから思いついた？」

ジャドソンは肩をすくめ、次いで「もうよろしいですか？」と礼儀正しく尋ねながらドクター・マーフィーのカップに手を伸ばした。

マーフィーは手をひらいて大きく振り、カップをひっぱたいて遠くへ、海のなかへ飛ばした。

「どうなんだ？」激昂してそういうと、立ちあがって折りたたみ椅子を蹴りとばした。「わたしがこんなことを、ほんのちょっとでも好きでやっていると思うのか？　ここにひと財産投じた結果、ダイム硬貨一枚すら残っていないというのに？　高い給料をもらっているくせに泣きごとばかりぬかす無能な連中と一緒に、死ぬほど働いているというのに？」

ジャドソンは同情するようにかぶりを振った。ドクター・マーフィーのことを心底好きだったのだ。

「よく聞くんだ」医師はざらついた声でいった。「ハンフリー・ヴァン・トワイン三世を大陸の向こうから飛行機で飛ばしたのはわたしじゃない。彼の家族だ。わたしから入所を勧めたわけじゃない。家族がここに寄こしたんだ。わたしはここで彼の治療などしたくなかった。連中が——あの家のかかりつけの医者がいい張ったんだ。いったいどうしろと？　わたしが指図できるような立場かね？　仮にわたしが断ったところで、あの連中はべつの場所にトワインを放りこむだけだ」

「僕はそうは思いません」とジャドソンはいった。「そんなことができるとは思えない」

「きみはそうは思わない、だからなんだ？　きみはわたしが直面している問題を知らない。もしわたしの手に——」ドクター・マーフィーは唐突に口をつぐんだ。何か起きるかもしれない。何かが起きるはずだ。彼は厳しい現実に向き合うことができなかった。一万五千ドルをきょうじゅうに用意しなければここをたたむしかなく、金を用意するつもりならヴァン・トワインが唯一の手段だった。

「考えるのがわたしの仕事だ」マーフィーはつづけた。「実行するのもそうだ。もしまちがっていたら？　もし、すべてを考慮に入れて決断をくだしたのに、それがまちがっていたら？　知ったことか！　わたしは完全無欠じゃない。医師であって、神ではない。くそっ、神なんかじゃないんだよ！」

ジャドソンは頭を巡らせて崖を見あげた。それからドクター・マーフィーに視線を戻すと、重々しくうなずいていった。

「あなたは神ですよ。トワインにとってはね」

2

ジャドソンとドクターが——ひとりは冷静かつ執拗に、もうひとりは怒りのこもった頑なな態度で——話しあっているあいだに、ハンフリー・ヴァン・トワイン三世の問題と格闘している人物がもうひとりいた。ルーファスだ。やはり黒人で、エル・ヘルソで昼間の看護師をしている。ルーファスはハンフリー・ヴァン・トワイン三世をひどく怖れていた——〝脳みそのない男〟と思っていた。

四号室の住人（あるいは、療養所の古株にいわせれば単に〝四号〟）というのは、壁に詰め物をした個室の入居者を指す儀礼的な匿名の用語であり、この男はたいへんに世話がやけた。その世話の多くがルーファスに求められていた。そしておとなしく見えるときにもじつはそうではないことが、ルーファスにはよくわかっていた。彼の経歴を少しばかり知っていたからだ。たとえ脳みそがないとしても、気まぐれに人の鼻を食いちぎろうとする人間など——ルーファスにいわせれば——脅威以外の何物でもなかった。

当然のことながら、怖れている気持ちを表に出さないようにはした。少なくとも、出ていないといいが、と思っていた。医療関係者が患者を怖がっていることを態度で示すのはじつに体裁が悪いではないか。ルーファスは、自身の頭のなかでは完璧な有資格の医師だった。ウエストコースト天体宇宙学大学とアーカンソー形而上科学専門学校で博士号を取得していたし、大学院では研究生としてスウェーデン・マッサージの勉強もした。この業績と〝医療の実践〟を経験した事実を考慮に入れれば――部外者からの根強い抗議をものともせず、機会あるごとに経験を積んできたのだ――医学の教育を受けていないことなどさして重要とも思われなかった。

朝食のハムエッグを二皿たいらげた身で四杯めのコーヒーをまえにしてエル・ヘルソのキッチンに座り、大きなチョコレート色の手を無意識のうちにとじたりひらいたりしながら、ルーファスは四号室の住人のことを考えていた。確かに、やるしかないとなればあの男の〝世話をする〟ことはできる。しかしやらずにすむならそれに越したことはなかった。患者との力比べには顔をしかめるしかなく、科学の信奉者であるルーファスとしてはこれに根本から反対だった。ドクター・マーフィーがあの患者の〝治療〟を任せてくれないのはまったく残念だ、とルーファスは憂鬱に思った。

きのうはもう少しのところだったのに。知識や技術はすべて揃っていた。患者の体に巻きついたシーツを腰まではがしたところだった。そこにドクター・マーフィーが怒った様子で近づいてきて、いったいぜんたい何をしているんだといったのだった。

ルーファスは自分のくだした診断を説明した。この男の体には異常な脳みその断片がまだ残っており、そのせいで落ちつきがないのだ、ときどき浣腸が必要なことは明らかだ、と。

ドクター・マーフィーは温かい石鹸水の入った洗面器を蹴飛ばし、そのクソ浣腸器（**科学的な医療器具を呼ぶのに、なんともすてきな名前ではないか！**）は自分のケツにでも突っこんでおけ、といった。そして、おまえがそのクソいまいましい馬鹿騒ぎ（**これもまた医師にしてはなんともすてきな物言いではないか！**）をやめないなら、わたしが自分でおまえのケツを蹴ってビバリーヒルズまですっ飛ばしてやる、といい放った。

すばらしい。ルーファスはコーヒーを味わいながら陰鬱な気分に浸った。ひとりのプロフェッショナルが、もうひとりのプロフェッショナルに向かってこんな口のきき方をするとは。ああ、まったくすばらしいじゃないか……それからルーファスはコックのジョセフィンが自分を見ていることに気づき、意気消沈した表情を勤勉そうなしかめ面《つら》に変えた。ジョセフィンのヒステリックな気性に訴える方便だった。

おもちゃの聴診器を白衣のポケットから引っぱりだして一端から息を吹きこみ、反対の端からも息を吹きこむと、ルーファスはそれを首にかけた。一方の手で顎を支えながら、もう一方の手を白衣のポケットに滑りこませ、顔を引っかくのに便利でいてナポレオンのようにも見えるポーズを取った。ジョセフィンはクスクスと笑いだした。

3

第一次世界大戦前後の時期、〈大将《ジェネラル》〉は副大統領候補として名高かった。

狂騒の二〇年代には、一億ドル規模の企業の役員会の議長を務めた。

三〇年代前半には、三つの出版物とひとつの全国紙に彼の意見が――そう、それに彼の確固たる信念も――引用された。同胞たる市民諸君、われわれはベルトをきつく締めなおし、全知全能なる神に信を置くしかない。いずれは力強くこの危機を脱し、いままでにない勝利を収めることができるだろう……

四〇年代前半、第二次世界大戦の初期には、ジェネラルは……

じつのところ、何もしなかった。まちがったことは何も。免責されないようなことは何もしなかった。時代がちがえば報奨さえ受けたかもしれない。やったことの内容ではなく、時期が問題だったのだ。〈時〉という芸術家は混沌の絵にジェネラルを描きこんだ。ごく普通の隠れた長所を歪め、欠点を誇張して。

ジェネラルは何年ものあいだ世間の眼にさらされてきた。いまでもそうだ、写真を見れば誰にでも彼とわかった。そんなふうによく顔を知られていたせいで、ジェネラルはパール・ハーバーのシンボルとなり、フィリピンのシンボルとなり、激戦地バターン半島のシンボルとなり、友軍機誤爆のシンボルとなった。身の丈を超えて手を伸ばしすぎたせいで、達成した結果のわりに損失が大きすぎたのだろう。そうかもしれない。そうでないかもしれない。それは問題ではない。時が運命の輪を回し、矢はジェネラルを指して止まったのだ。彼はひとつの、あるいはいくつかの疑わしい行動についてのみならず、戦争という恐ろしい悲劇全体について責任を問われた。

彼が何も——まちがったことは何も——しなかったのとおなじように、彼の身にも何も——ほんとうに悪いことは何も——起こらなかった。飛行機でワシントンに戻るときも、逮捕されて護送されたわけではなかった。軍法会議にかけられたりもしなかった。辞職を正式に求められることもなかった。確かに、彼の行動については現在詳細な調査がおこなわれており、〝時期を見てなんらかの処置が取られるだろう〟という公式ニュースの発表があった。何カ月ものあいだ、関連記事が紙面に流れた。だが、決して非難めいた論調ではなかった。失われた人命の数、死傷者や捕虜の数が列挙され、ジェネラルの責任については調査中であると書かれただけだった。

戦争の流れが変わると、紙面への記事の流入も止まった。しかしジェネラルの件は〝調査中〟のままであり、いわば猶予を与えられた状態で、つけを払うようなこともなかった。ジェネラルは裁判を求めた。当然の権利として要求した。それで一日だけ新聞の紙面に再登場することになった。一面の囲み記事に、太字で。皮肉な論調で。社会面の漫画にも、大衆を擬人化した〈ジョン・Q・パブリック〉の鼻先で血まみれの拳を揺らしながら涎を垂らす、蹴爪の生えた道化として描かれた。

しかし裁判はなかった。いわれていたようなことは、ジェネラルには何も起こらなかった。

戦争が終わった。権力者たちは不機嫌になり、苛立った眼を〝ジェネラルの件〟に向けた。軍に復帰させる？　職務遂行にかんする適正証明書を出す？　ありえない。世間が認めないだろう。ジェネラル自身もありえない状態になっていた。よくいる酔っぱらい、というやつだ。いや、ほんとうに！　「あのインチキ雑誌に書かれた記事を見たかね？　悪意のかたまりだよ！　あんなもので金を取ろうなんて……」

五十年近くに及ぶ軍でのキャリアのどこかで、どういうわけか、ジェネラルの記録に小さなまちがいが紛れこんでいた。ほんとうに小さくて、あまりにも明らかなミスだったので――pをtに打ちまちがえて、終身の身分を示すperm.の代わりにterm.という見慣れない略語がつくられていた――ジェネラル本人を含め誰もが見逃していた。しかしいま、本人にとっては痛くもかゆくもない方法でなんらかの処分がなされなければならない段になって、このまちがいが解決策につながった。

まちがいはジェネラルが大尉から少佐に昇進するときに起こっていた。よって、それより上の階級、現在にいたるまでのすべての階級に影響を及ぼした。ちょっと紛らわしい？　そう、実際かなり混乱をきたす問題だった。しかしながら、詰まるところこういうことだ。記録のなかのterm.の語は――満場一致の合意により――temp.の意味に解釈されることになった。つまり、ジェネラルの階級は一時的なものとなった。大尉にさかのぼるまでのすべての階級が一時的なものとみなされた。

定年になり、ジェネラルはなんの損害も被ることなく、最後の終身階位に応じた年金を満額受領して退役した。大尉の月給の四分の三である。そんなわけで、ジェネラルの件は敬意と好意をもって調整された。当局の高官が指摘したように、ジェネラルは貧乏でも酔いつづけていたので、もっと金があったところで死ぬほど酒を飲んだだけだっただろう。

……この朝、ここに記録され、おそらくは分析されることになるであろうこの日の朝、ジェネラルは療養所の敷石のテラスに座っていた。デッキチェアを海側の手すりのそばに寄せてあったので、ドクター・マーフィーが海岸から崖をあがってくるのがよく見えた。医師が階段をのぼるのでなく、わざわざ苦労して危なっかしく岩をよじのぼってくるのを馬鹿げていると思う者もいるだろう。しかしジェネラルはそうは思わなかった。血管が膨張し細胞の壊れかけたジェネラルの頭のなかでは、ドクター・マーフィーには批判されるべきところなどほとんどなかった。

「じつに立派な男だ」ジェネラルはつぶやいた。「忘れてならないのは……ならないのは……。じつに立派な男だ」

ドクター・マーフィーは手すりをさっと乗りこえ、すこしのあいだ休んだ。それから細い針金のような腕で骨ばった顔をぬぐいながらテラスを横切った。医師はジェネラルの正面で身を屈め、ジェネラルの冷えたむきだしの素足に室内用のスリッパを履かせた。次いでクッションの位置を直すと、抜け目のなさそうな、それでいて敬意も感じられなくはない笑みを年老いた男の顔に向けた。

「短い夜でしたね、ジェネラル？」

「なんだって？」ジェネラルは何をいわれているのかよくわからないといった様子でまばたきをしていった。「ああ、いやいや。よく眠ったよ、先生」

「それはよかった！　それじゃあ、納得したんですね？　あの手紙についてはわたしが正しかったのだと」

「それは、あー……」ジェネラルはバスローブのポケットをごそごそと探った。「訊こうと思っていたんだよ……もしよければ……」

ドクター・マーフィーはその手紙をローブから救いだし、慎重にひらいた。「ほら、見てください。はっきり書いてある。〝原稿は楽しく拝読いたしました。弊社にお持ちこみいただき、ありがとうございました〟。そう書いてあるじゃありませんか？　そう読めるじゃないですか。いったいどうやったらそれ以外の意味に取れるんです？」

「あー……ただのお世辞じゃないんだね？　礼儀を守ろうとしているだけでは？」

「は！」

「彼らの流儀じゃない、というわけかね？」ジェネラルは期待をこめていった。「ふつうはもっとそっけないものだと？」

医師は勢いよくうなずいた。「ああいう連中が何かを楽しんだというときには、ほんとうに楽しんだんですよ！」

「だが……その……それでも不採用なのかね……?」

「そうせざるを得なかったんです。彼らは楽しみ、それを送ったあなたに感謝しましたが——ほら、自分でも読めるでしょう。〝現時点でこれを使うことはできません〟。現時点ですよ、わかりますか? しばらく待たせてやればいいんですよ、ジェネラル。原稿はしっかり保持しておくんです。もしかしたら、少し手を入れてもいいかもしれない、わたしに話してくれた逸話をいくつか加えてみるとか。そうしてまた送ったら、どこもわれ先にと飛びつきますよ、ほんとに」

ジェネラルは手紙をとり戻し、注意深くポケットにしまった。「そうするよ、先生! いや、ほんとうにそうする……」ジェネラルの声は途切れ、眼にあったかすかな輝きが曇った。そうするつもりはあったが、しかし——

ジェネラルは不安そうに咳をすると、椅子の脇の配膳台に顔を向けてうなずいた。「見ておわかりだろうが、先生、私はちょうどたっぷりの朝食をすませたところでね……スクランブル・エッグにパンケーキ、牛にゅ——おいおい! なんだってまたそんなうすら笑いを浮かべているんだね?」

「失礼、ジェネラル。なんの話でしたっけ?」

「だからな、ドクター・マーフィー、私がいおうとしていたのは、たっぷりの朝食もすんだことだし、こんどは心の支えとして飲み物を強く欲しているってことだ」

「いやはや、そこがあなたのいいところですよ、ジェネラル」医師はいった。「愛すべきアル中患者たちの特徴だ。そのへんにいる低劣な酔っぱらいとはわけがちがう。こちらを出し抜こうとするんだが、絶対といっていいくらい嘘はつかない」

「私は何も――」

「あなたはたっぷりの朝食がすんだとおっしゃる。食べたとはいわずにね……食べていないんでしょう、ジェネラル？　その言葉を選んだのは偶然なんかじゃない。そうですね？」

ジェネラルは仕方なしに笑みを浮かべた。配膳台のあたりをきょろきょろと見ていた眼に、明かりが戻った。「あなたにはかなわないよ、先生。どうしていつも騙そうなんて気になるのかよくわからんね。さて、先生の時間を独占するのもなんだから、あとはルーファスに私のライターのオイルを入れるようにいってもらえれば……」

「そのオイルをどうするつもりです？」

「それをどうにかできるのかね？」

医師は待った。こんどはライターのオイルか。両手をおろしてうんざりしたように腿をパシッと叩き、立ちあがる。「強壮剤なんかどうですか」マーフィーはいった。「牛乳とよく混ざるし、効きも早い。それを一杯ぐっとやってみては？」

「それもいいかもしれない」ジェネラルは答えた。

この年老いた男への純粋な心配や苛立ちと、この男が体現している問題への強い興味の入り混じった気持ちで、マーフィーは相手の垂れた頭を見おろした。ジェネラルの存在そのものが既知の医学への公然たる反抗だった。ジェネラルの存在と、エル・ヘルソのほかの入所者の存在が。誰でも知っていることだが、血中アルコール濃度がほんの一パーセントにでもなろうものなら、そんな血の流れている人間は死体になる。心臓が止まる。窒息する。誰でも知っていることだが、アルコールは背骨をとおって脳に達し、もろい細胞を強く強く圧迫する。やがて細胞は爆発して、その頭の持ち主は完全な無能力者になる。

誰もが知っていることだった。アルコール依存症患者を除いた誰もが。

当然のことながら、患者たちは実際、死んだも同然だった。脳は使いものにならないほどダメージを受けていた。しかしだいたいにおいて、死やダメージの原因はアルコールだけではなかった。酔っぱらいは轢かれる。あるいは酔ったうえでのけんかで殴られ、蹴られ、脳に取り返しのつかない損傷を受ける。あらゆることが起こるが、論理的な科学によって起こるだろうと宣言されていることのなかでひとつだけ起こらないことがあった。

実体験として、ドクター・マーフィーは急性中毒が原因で死んだ男をひとりしか知らなかった。依存症患者に苦悩よりも先に暴力的な死が降りかかるのは当然のことのように思えるかもしれない。しかしもしそれがほんとうだったら、ジェネラルのような年老いた患者はどう説明したらいいのだ? ジェネラルは一リットル近い量のウイスキーを三十分で飲んでしまう男だった。マッチで触れれば血中のアルコールに火がつく濃度だ（ドクター・マーフィーはそれを証明した）。それでもジェネラルは死ななかったし、健康状態は同年齢の平均よりずっといい。確かに、彼の脳は〝酒浸り《ウエット》〟だった――少なくとも、ふつうなら機能しなくなる程度には脳の重要な部分が酒に浸りきっていた。それでいて、決して馬鹿ではなかった。

エル・ヘルソについて、医師は考えに考えた。ほんとうに考えこんだ。いまわかっているかぎり、エル・ヘルソはもうおしまいだった。もしかしたら何かまちがいがあるかもしれない。もちろん、朝食のあとで帳簿を見なおしてみるつもりだった。だが、見なくてもわかった。もう何カ月も見つづけてきたのだから。そのあいだに何か行動を起こすべきだったのに。

ヴァン・トワインはどうなる？　家族がゴールに向けて慎重に次の一歩を踏みだすだろうか？　真正面にマーフィーが立ちはだかっていても？　かもしれない。きょうそれをする可能性もあった。家族のかかりつけの医師を通して。

そしてもしエル・ヘルソがほんとうにおしまいなら、つまり、もしほんとうにヴァン・トワイン家の人々とその財産に別れを告げるつもりなら――それならなぜさっきジャドソンとあんなに苦々しい議論をしなければならなかったのだ？

くそっ、ああ、もう、とにかく！　どうでもいい。この問題はもうしばらく放っておこう。いまはジェネラルだ、ジェネラルが強壮剤を飲みたがっている。

「すぐに持ってこさせますよ」マーフィーはいった。「だけど吐かないと約束してください」

「結構」ジェネラルは小声で答えながら、ドクター・マーフィーに手を借りて椅子から立ちあがった。「ああ、そうだ、ところで、先生。悪いが私の口座からの支払いが少し遅れるかも……」

「よくもそんな」医師はけんか腰になっていった。「わたしに指図するような真似を」

しかしそれから突然マーフィーが飛びあがったので、ジェネラルは椅子に放りだされそうになった。悲鳴ならこれまでになんども聞いてきた。悲鳴らしい悲鳴なら。しかしこんなぞっとするような叫び声を、ドクター・マーフィーは聞いたことがなかった。出所《でどころ》は四号室しか考えられなかった。

4

看護婦のルクレチア・ベイカーは、前夜たっぷりと睡眠を取っていた。ここ何カ月も、いや、もっとはっきりいえば脳性麻痺の男性患者を看護する仕事から唐突に解雇されて以来ずっと、こんなによく眠れたことはなかった。六時よりずっとまえに目覚め、生まれ変わったようにすっきりと緊張の解けた状態で、これからはずっとこんなふうに快適な夜がつづくんだわ、と喜んだ。ここで働くというのは一種の天啓だった。働きはじめて数週間になるが、喜ばしいできごとが起こらずに過ぎた日は一日もなかった。たとえば、詮索好きなプロの指でまぶたをめくる程度のこと——程度、ですって？——かもしれない。あるいは、煮えたつようなブイヨンを、熱いと文句もいえないほど弱りきった口に押しこむ程度のことかもしれない。でもひとたび皮下注射をするともなれば、針を骨までずぶずぶと潜らせ……

それに、きのうの夜！

ああ、きのうの夜！

自室のフレンチドアをあけ放つと、ルクレチアは夜明けの涼やかな灰色の明かりのなかに裸で立ち、ぴりっとする潮風を呑みこんだ。バルコニーの向こう、崖の下を見やると、先端の赤い小さな丸い染みのようなドクター・マーフィーが眼に入り、相手に見られずに自分だけが見るときによく感じる、子供じみた喜びを噛みしめた。想像のなかで——ちなみにルクレチアの想像力は鍛え抜かれた道具であり、非常に鮮明な像を結ぶのだが――ルクレチアはバルコニーの手すりにのぼり、ギリシャ神話の魔女キルケのごとき優しげな声で、フロベールの描く将軍の娘サランボーが野蛮な男たちに命令をくだすかのように甘く、それでいて傲慢に、ドクター・マーフィーに呼びかける。マーフィーは岩をよじのぼってやってきて、突然のようにそこにいる。そしてなぜか手足を縛られ、どうすることもできずに長々とベッドに横たわっている。

ルクレチアはマーフィーの上に身を屈める（もちろん想像のなかの話だ）。豊かな胸がマーフィーの顔をかすめるようにしながら。

「さあ」ルクレチアはささやく。「わたしのことがきらい？　どうかしたのでつか、先生？」

ルクレチアは歓びに震えた。場面が変わる。

こんどはルクレチアが縛られて横たわり、身動きがとれずにいた。そしてルクレチアの上に身を屈めているのはドクター・マーフィーのほうだった。動けないとしたら……ふつう、人が動けない場合には、いったいどうしたら……？　一瞬、吐き気に襲われた。鍛え抜かれ、鮮明な映像を生むはずの想像力が、それ以上は働こうとしなかった。

ミス・ルクレチア・ベイカーはベッドに腰かけ、煙草に火をつけた。自分を納得させ、禁じられた扉をすり抜けようとした。このドアは、抜けようとするといつも残酷なまでに固く閉ざされてしまうのだ……。医師なら大丈夫、とルクレチアは自分にいい聞かせた。医師はつねに信用できた。昔、みんなが冷たかったときにママによくしてくれたのも医師だった。そう、そうだった。

医師はほかの人とはちがう。
　医師なら大丈夫だった。

なま温い湯でシャワーを浴び、それから冷水の蛇口を全開にして、型に入れてつくられたかのような尻や腹の曲線を何分ものあいだ冷たい水に打たせた。冷水のシャワーはよく浴びるが、たいてい助けになった。これがなければ、いまよりずっと不安な気持ちになっていたかもしれない。この朝のシャワーも役に立つことは立った。しかしそれでも充分な助けにはほど遠かった。

　くつろぎ、喜びに満ちた気分でなんだってできるように感じていた起きぬけから三十分も経っていないのに、いまや喜びのかけらもなかった。昔ながらの決して満たされない渇望だけが残り、一睡もできなかったかのような気分だった。

　あいつのせいよ！　いつだってあいつらのせいだった！　ママのことだって、低劣で下品で不潔なあいつらのせいだった。あいつらがママを殺した——もちろんママはいつも手がかかり、世話をしたところで見返りは何もなかったわけだけど……

　ミス・ルクレチア・ベイカーは清潔な白い制服を着て、染みひとつないストッキングと靴をはいた。眼を異様にきらきらさせながら、ブラシをかけたつやのある茶色の髪に青い縁取りのついた白のキャップを留めた。

　きのうの夜は、はじまりに過ぎなかった。ルクレチアが与えるつもりでいたもののサンプルだった。それがあいつのせいであんな……

夜まで待つ必要があるかしら? とルクレチアは思った。

長い病院の一日のなかでは、シフトとシフトのあいだにきちんとした継ぎ目がない。端がほつれてつながりあうように、夜の終わりと一日のはじまりが完全に混じり合う。重い足取り。憂鬱な顔で飲まれる大量のコーヒー。退出は時間どおり、出勤は遅れるか、時間どおりに来てもただいるだけ。六時といえば、実質的には六時十五分か六時三十分の意味だ。

そんな状況でも害はない。よく眠れなかった患者は、いまになって疲れてうとうとしている。よく眠れた患者は、欲求や要望が満たされるのをしっかり待つことができる。当然、ほんとうに緊急の用件があれば即座に——眠そうにではあるにせよ——対応される。

患者がひきつけを起こした? ああ、神さま、またですか。鎮静剤でも飲ませればいい——五十グラムくらい。パラアルデヒドを経口で、副腎皮質ホルモンを静脈注射で。

患者が昏睡に陥った? カフェインとアンフェタミンと酸素を。

患者の心臓が止まった? ニコチン酸を。指を尻に突っこんで。

患者が暴れた? ヒヨスチンと拘束具を。

それから……?

以上。所詮こんなものだ。癌にはタルカム・パウダーをはたくくらいしかできない。もしどうしても苦しみが避けられないのならもだえるしかない。あるいは昏睡状態のままでいればいい。たどたどしく鼓動を刻む心臓など、止まるに任せればいい。死ぬことはない、永遠に死ぬことは。

ほんの数時間、あるいは数日、一週間くらいのことだ。色とりどりの大蛇が体に巻きつき、眼から、耳から、口や鼻から、気怠げに這いこんでくるだろう。患者は自室の壁に沿って滑るように動く。手探りしながら、金切り声をあげつつ壁を叩きながら。そのうちに心臓は止まり、眼は濁り、四肢は硬直する。そして死ぬ——しかし完全には死なない。死につつあるだけだ。しかもほんの短期間。考えてもらいたい！　今回の死は長くても一週間だけだ。その後すべてが終わる……次のときまで。

……だが、ルクレチア・ベイカー看護婦に話を戻そう。診療所がまだ静けさに包まれるなか、ルクレチアはこっそり部屋を抜けだした。廊下には人けがなかった。息を殺し、聞き耳をたてる。ジョセフィンが調理器具を使うカタカタという音が遠くから聞こえてくるだけだった。ルクレチアは音をたてずに自室のドアをしめた。

建物のこの翼《ウイング》には部屋が三つしかなかった。ルクレチアの部屋と、高周波治療およびレントゲン検査の部屋、そして四号室だ。うねのあるゴムの靴底のおかげでほとんど足音もたてずにすばやく廊下を進み、ニッケルの番号表示のついた重いオークのドアのまえで一瞬立ち止まると、かんぬきを抜いた。内側には錠はない。全体重をかけてドアを押した。

ルクレチアはちょうど自分が入れる幅だけドアをあけ、部屋に入ると、自室から持ってきた木製のストッパーをかませてドアがしまらないようにした。こうすればすばやく出ていくことができるし、誰かが階段をのぼってくればその音も聞こえる。彼についてはは心配は要らなかった。人を呼ぶことなどできはしないのだから。

部屋には窓がなかった。壁と床には詰め物がしてあった。唯一の家具は低いフォーマイカのテーブルで、足はボルトで床に固定されていた。

患者は台の上に横たわっていた。湿った白いシーツで楕円形の固まりにされ、ひもで固定されていた。ひものせいで動けなかった。患者を包むシーツを調べたルクレチアは一瞬ぎょっとした。誰かがくるみ直していた。ジャドソンのやつだわ！　気づかれた……？　いや、彼らは考えもしないだろう。わたしを思いだす理由なんてどこにある？

ルクレチアは白い包帯の巻かれた頭を見おろした。枕を積みあげて、シーツの繭とおなじ高さで支えてある。ヴァン・トワインの眼はひらいていた。瞬きもせずにルクレチアの眼を見つめていた。何もわかっていない、虚ろな凝視だった。だが、いちどまばたきをすると、虚ろさのなかに何かが忍びこんだ。

ヴァン・トワインにはルクレチアがわかった。ルクレチアが自分に何をしたかわかった。しかし長く憶えていられなかった。いずれにせよ、ヴァン・トワインは話すことにかんしては新生児とおなじくらい無力だった。

事実、赤ん坊そのものだった。年を取って扱いにくい、大きな赤ん坊だった。しゃべることすらできない、怠惰で不快な存在だった。

恐怖がヴァン・トワインの眼に押し寄せた。まぶたが引かれ、白目がどんどん大きくなった。

眼がぎょろぎょろと動いた。唇も動いた。口がひらき、とじたが、音は出なかった。

ルクレチアは陽気な笑い声をあげた。

ポケットからたたんだハンドタオルを取りだし――そう、もちろん、きちんと準備してきたのだ――ヴァン・トワインの口にあてがった。患者はタオルに嚙みつこうとしたが、どう対処するべきかルクレチアにはきちんとわかっていた。親指と人差し指で相手の鼻をつまみ、鼻孔をぎゅっととじた。ヴァン・トワインは息ができなくなった。

「これで懲りたでしょ。いやなやつ」ルクレチアは囁いた。「馬鹿でつね、あなたは！　怠け者で、ろくでなしの、馬鹿なやつ。自分の名前もわからないんだから」

ルクレチアは鼻から指を放し、猿ぐつわをはずしてやるしかなかった。下腹部の甘美な苦痛が急激に絶頂へと向かい、あと少しで――**ああ、お願い、あとほんのちょっと！**――ルクレチアは……だがその瞬間を迎えることはなかった。愚劣な代物が窒息しそうだった。

ルクレチアは患者を、こんどは公正な眼で見おろした。自分自身の楽しみは、なすべき仕事のために必要な原動力にすぎない。

「自分の名前をいってごらんなさいな」ルクレチアは囁いた。「もしいわないなら、しょうがないからこう……」ルクレチアは待った。タオルをさげ、ヴァン・トワインの鼻に手を伸ばした。

「上等でつね、それならもうこうつるしか……」

ヴァン・トワインはふたたび息を詰まらせかけた。するとまたもや体に熱い潮が満ち、ルクレチアは体を震わせた。

「い、いってごらんなさい」ルクレチアは喘いだ。ふたり分の呼吸をするかのように。「あなたの……名前を……いって……ごらんなさいよ……」

ヴァン・トワインの無意識に埋もれていた無数のイメージの断片が、互いに激しくぶつかりあい、上へ上へと押し寄せた。新しい出口を求めて。なぜなら、妙なことに以前あった出口がなくなっていたから。無数の断片は無のなかへ、パターンのない未知の空間へと突き抜けた。出口がないとわかったその瞬間にパターンができあがった。野放しで、互いに関連のないそれぞれのイメージが、指令を求めてあがき、金切り声をあげた。それでも徐々に、ある種の序列が――スーパー・カオスとでもいうべきものが――カオスから生じ……

「名前?」彼は言葉を口にしようとした。イメージが奥のほうから押し寄せる。

ハハ、ハハフーア……

「名前?」名前、もの、言葉。脳みそが汗をかいている。

ハハハね・こ・だ。ネ・コ・だって?

「名前?」奔流。空虚。意味に満ちた無意味さ。

ハハハ、シュガー、ハニー、ダーリン、ディア、ママの小さな子横になりなさい悪い子ね、ぱぱパパ? なんでぼくにこんなことぼくはそういったのにおまえ誰だよケツまでドロに浸かってんだから考えろ考えろ。

「名前?」すべてが、思いだせることのすべてが混じりあったすえに無に帰した。

直径かけるパイはつまりええとソクラテス式問答法でいったい何がこの世界は重さでいうなら六かける十の二十一乗と四百五十かける十の十八乗を足したトン数にちょっと足りないくらいあいいよ持っていけよきみそれでもしマルサスの人口論を信じるならもっと早口でいったほうがいいもっと速くしゃべったほうがいい!

「名前?」問題は名前ではなかった、何かべつのものだった。

ハンフヴァン、ハンプティダンプティ、ハンフヴァントワイン三世。ハンフリー・ヴァン・トワイン・三もちろん、もちろんおまえはそうだわたしはヘンリー八世わたしはミスター・ゴッドそしてこちらが長男のイエスさあちょっと理性的になってくれ軍曹、電話をかけさせてもらえればわたしは落ち着くんだが。

「名前?」暑かった、なんとかしなければならなかった。

さあさあさあ、さあ気合を入れろ、ハンピー・ボーイ。機械にしがみついていたいったって、どれだけ残ってる?　それならさっさとしゃべったほうがいいぞ、おれは嘘なんかついてない。もう行ったほうがいいそれをしまって、その

金玉を。

まだひりひりする、だろ?　あのクソ女め。

金玉?

もちろん憶えているだろう？　当然じゃないか。ハ、ハ。どうして忘れられる？

ルクレチアの小さな体からは力が抜けていた。眼から熱が消え、呼吸もふつうに戻っていた。シーツはきつく巻かれていた、ひどくきつく。疲れ、しかし満足して台から離れ、屈んでドアのストッパーをはずそうとした。そのときだった。

「金玉！」ハンフリー・ヴァン・トワイン三世が金切り声をあげた。「金玉、金玉、金玉！」

ルクレチアは飛びあがり、ドアの縁に頭をぶつけた。めまいがした。取り乱しながら台のほうへ数歩よろけ、それからふたたびドアに駆け寄った。何を——なんてやつなの？　意地悪で、いやらしい。捕まっちゃうじゃないの、わたしはなんにもしてないのに、ただちょっと——

ヴァン・トワインは叫んだ。下劣な一語を叫びつづけた。耳をつんざくような声で叫んだ。やめるつもりなどないかのように。

ルクレチアはストッパーをさっと拾い、ゆっくりしまろうとするドアをすり抜け、狂わんばかりの勢いで廊下を走った。ルクレチアが自室に入ったか入らないかのうちに、ドクター・マーフィーとルーファスが——ドクター・マーフィーを先頭に——階段を駆けあがってきた。ルクレチアは怖れおののきながらドアにもたれ、聞き耳をたてた。四号室のドアがあけられ、しめられるのと同時に、突然のように金切り声が聞こえ、やんだ。

知られてしまうと思い、ルクレチアはおびえた。彼に知られてしまう。あの部屋は防音だけど、わたしがいたことは知られてしまうだろう。

でもしかしたら……ごまかせるかも……もしかしたら、彼は思いつきもしないかもしれない。

ああ、神さま、彼が思いつきませんように！

何分かが過ぎた。**わたしのことを話しているのかしら、処分を決めるために？**　四号室のドアがひらく音が聞こえた。ルクレチアは自分の部屋のドアをあけ、しっかりとした足取りで廊下へと踏みだした。

通りすがりに会釈をしながら、ルーファスが皮下注射器の載った白いエナメルのトレーを運んでいった。ドクター・マーフィーはそのうしろをぶらぶらと歩いていた。まだ水着を穿いていた。

医師はルクレチアに向かって愛想よく微笑んだ。「仕事は楽しいかね？」

「遅くなってほんとうにすみません、先生。目覚ましが鳴らなくて……」

「問題ないよ」医師は肩をすくめた。「しかし、ちょっとした叫び声だったね？　妙だな。彼は囁き声すらあげられないと思っていたんだが」

「ええ」ミス・ベイカーはいった。「おかしいですね」

「われわれに彼の声が聞こえたのも妙なんだよ。たぶん、換気システムから音が洩れてきたんだろうな。そんなことがあるなんて知らなかったが……あると思うかね、ミス・ベイカー？」

「ええまあ、そんなことも――」

「ああ、忘れていた。もしかしてきみがちょっと彼を見にいってくれたとか。そうだったのかな、ミス・ベイカー？」

「ええと、わたし」**駄目、駄目、駄目！**「ああ、いいえ、先生！　わたし——」

医師はぱちんと指を鳴らした。「もちろん、ちがうね。きみはまだ寝ていたはずだ」

「ええ、わたし、あの……正確には、寝てたわけではないんでつ。着替えを——」

ドクター・マーフィーはルクレチアの右手を取った。そして自分の左手の指をひらくと、ルクレチアの手のひらに小さな四角いキャンブリック地のハンドタオルを置き、握らせた。

「落としただろう」マーフィーはいった。「きみがあそこにいた……きのうの夜に」

医師はにっこり笑ってみせると、階段を降りはじめた。「朝食を終えたらすぐにわたしのところに来たまえ。いいね、ミス・ベイカー？」

「はい、先生」ルクレチア・ベイカーはかぼそい声で答えた。「い、急いで——朝食後、急いで行きまつ、ドクター・マーフィー」

ドクター・マーフィーは最初の踊り場まで階段をおり、左に曲がって錬鉄の柵のある中二階に入ると、建物の南端のウィングにある自室に向かった。そして口笛を吹きながら着替えた。いつになく機嫌がよかった。

衝動に身を任せたならば、ベイカー看護婦を部屋に押しこんで歯がかたかた鳴るほど揺さぶり、小さな丸い尻を座れなくなるほど叩いたうえで、建物から追いだして彼女の衣類を放り投げていただろう。それがやりたかったことであり、もう少し意志の弱い男であったなら――マーフィーが決然と示したような完璧な自制心を持たない男であったなら――まさにそれをしていたはずだった。それはもちろん、取りうるなかで最悪の行動だった。

病んだ女だった。理性がそういっていた。一方でそのおなじ理性が、看護婦をひっぱたいてやろうと思うほどの激怒を批判してもいた。そう、今回だけは――ああ、いや、今回にかぎった話ではない、爆発することなどめったにない――心底からの怒りを抑えとおした。

まちがいなく正しいことをしたのだ。

ベイカー看護婦は病んでいた。病気ならば治すべきであって、罰するべきではない。その治療に向けて、一歩を踏みだしたところだった。不快なトラブルメイカー、つまりあの病んだ女に、わかっているぞと……きみの病気に気がついているが怒ってはいないと示したのだ。彼女の心の秘密の闇から、問題を浮き彫りにして見せた。もうあと一回か二回そうやって突けば、すべてが明るみに出るだろう。彼女が自己防衛のために逆上しなければの話だが。

ドクター・マーフィーは半袖のスポーツシャツの首回りにおざなりにネクタイを締め、きちんとして見えるようになるまで指で髪を梳いて、清潔なハンカチを何枚かポケットに詰めこんだ。顔からわざと笑みを消し、鏡のなかの自分を好戦的な顔つきで睨みつけた。

成功の見込みがないだって？　いったい誰のことをいってるんだ？

なんだって？　一万五千ドルが金庫にあるっていうのか？　数日の猶予でここから出ていけと銀行にいわせないだけの金があるのか？

悪いが、あんたと議論をしている時間はないんだ。やらなきゃならない仕事がある。あの病んだ女のことを考えなきゃならない。いや、あの女は倒錯者なのか？　それにアルコール依存症の連中が大勢――

ああ、もちろんそうだろうとも。で、そういうことがいったいあんたにとってどういう得になるんだ？

それは……わたしの得になるなどと、誰がいった？

まあ聞けよ、馬鹿だなあ！　現実を直視しろ。あんたはここをつづけたいのか、つづけたくないのか？　理由なんか知ったこっちゃないよ、だが――

答えはわかっているだろう。

だったら、やるべきことはひとつだ。いいだけの金額を引きだすことを考えるんだよ、ヴァン・トワインのところから——

わたしがそんなことをすると思うのかね、いくらあの家族が、三十パーセントの成功率しかない手術を受けた彼にうんざり……いや、手を焼いているからといって。わたしがひとりの男を、望みのない白痴を、ここに生きながらにして埋めるような真似をすると思うのかね、いくら家族がそのために喜んで金を払うからって。

それについては考えないといっただろう、さあ、もうたくさんだ！

ドクター・マーフィーは鏡に映った自分に向かって、話はこれまで、というように断固とした様子でうなずいて見せた。ドアのほうを向くと、若い男がそこにいた。ドアの枠にもたれて、ニヤニヤ笑っていた。

「邪魔してすみませんね」男はいった。「ノックが聞こえなかったみたいですね」

「そうか」ドクター・マーフィーはいった。「わたしがノックの音に気づくまで待とうとは思わなかったのかね？」

ドクター・マーフィーは、見た目に反して、礼儀にこだわるほうだった。マナーのよい人々が好きだった。そしてここの患者たちには、泥酔しているときを除けばたいていそのマナーのよさがあった。しかしこの男はまったく酔っていなかった。きのうここに到着した時点で摂取していたアルコールがまだ体内に残っているとも思えなかった。

若い男は非難を無視してクックックッと笑った。「ちゃんと治してくださいよ、先生。やれやれ、すぐにでも飲まなきゃ体が壊れそうだ」

医師はゆっくりとうなずいた。この訪問者に俄然魅力を感じ、興味を持ったようだった。

「よっぽどの酒呑みだったようだね？　ええと、きみたちのような広告業界の人間というのは、やるときにはとことんやるんだろうから」

そう、もちろん！　と若い男はいった。

「仕事の心配はしなくていいんだろう？　会社が気に食わなければ、いくらだってほかの会社があるだろうし」

「まあ、自慢したくはないけれど、これだけはいえますよ。酔っていようが素面だろうが、おれの仕事はそのへんの連中よりはるかに……」

自慢がつづくあいだに、医師は何気なく相手の病衣の袖をまくりあげ、脈を取った。この若い男の自慢話は事実だろう、もしくはかぎりなく事実に近いはずだ、とドクター・マーフィーは思った。アルコール依存症患者はいい仕事ができなければならない。遅刻はするし、まわりをうんざりさせるような質《たち》の悪い行動をとるからだ。だからその仕事で、あるいは業界で生き残ろうとするなら、つまり憤慨させることの多い周囲の人間に寛容であることを求めるなら、ふつうの人々よりも真剣に働き、考えなければならないのだ。

この男もおそらくいまの仕事が非常に得意なのだろう。需要も多くあるのだろう。五年、十年先となるとまた別問題だが。能力は、それを使うのに充分な時間だけ飲むのをやめられなければ、なんの役にも立たない。もし雇ってもらえなくなったら、才能など無価値なものだ。

「療養所は初めてかね、ミスター、ええと、スローン？」

「ジェフでいいですよ、先生……そう、初めてです。ふだんなら、二日か三日つづいたあとは飲みたくなくなるんですけどね。胃が気持ち悪くなったりするわけじゃない。ただ、もうたくさんだって気分になるんですよ。だけど今回は――」

「そうだろうとも。よくわかるよ、ジェフ。では、きみがしなければならないことをいおう。まず、完全に素面になるんだ。神経が正常に戻るまで数日休む。それから仕事に戻って、生きているかぎりもう二度と酒を飲まない」

ジェフ・スローンは笑った。「ご冗談を。コントロールできますよ。いったでしょう、これが初めてだって――」

「もう二度とコントロールできないだろうね。それに醜態はこれが最後でもない」

「だけど飲まなきゃならないんですよ。仕事の一部なんだから。いろんな人と会って――」

ドクター・マーフィーには、彼が怒っているのか悲しんでいるのかわからなかった。少しずつ両方、といったところだろう。ドクターは鼻にしわを寄せて、疑わしげにあたりの空気を嗅いだ。

「まあ、もしどうしても飲まなきゃならないというのなら……」

「たっぷりお願いしますよ」

「いまは三〇㎖ほどあげよう。もしもっとほしかったら、またあとで」

若い男をうしろに従え、ドクター・マーフィーは中二階を進んで南京錠のかかったドアのまえまで来た。かつてはリネン用の戸棚だった場所だ。鍵をあけてなかに入ると、生《き》のバーボンがいっぱいに入ったショットグラスを持って現れた。ジェフ・スローンは貪欲にそれを飲みほした。医師は乳白色の小さな錠剤を手渡した。

「いやいや」相手の眼に浮かんだ疑念に答えるように、医師はいった。「吐き気をひき起こすものではない。眠気をひき起こすものでもない」

スローンは錠剤を口に放りこむと、酒を飲ませてもらったことを手放しで感謝しながら自室へと廊下を歩いていった。数歩進んだところでにっと笑いながらふり向き、わざとらしく動揺するようなしぐさで額をこすっていった。

「まったく、あれは本物の酒でしたよ。なんてブランドです？　家に帰ったら何本か買いだめしておこうと思うんですけど」

「あとで紙に書いてあげるよ」ドクター・マーフィーはさらりと答えた。

マーフィーは戸棚の扉にふたたび鍵をかけ、きちんとしまっているか注意深く確認した。それから階段を降り、食堂に入りかけたところでいきなり反対側をふり向いた。ジェネラルを忘れるところだった。あの老人は鉄のように堅固な気質の持ち主だ——あるいは、持ち主だった——が、けさはいやに張りつめていた。

ジェネラルは小さな診察室で台の上に横になっていた。医師は血圧を測り、聴診器を持っていなかったので老兵の胸に直接耳をつけて心音を聞いた。

そして身を起こすと、どっちつかずの様子で顔をしかめた。

「それで、先生。私はちゃんと生きているのかね？」

「ああ、そんなに深刻な問題じゃありませんよ」医師は答えた。「何を使って防腐処置をしようかと考えていただけです」

「ふうむ」ジェネラルは考え深げに唇を引き結んだ。「もし提案させてもらえるならだね、長期熟成された液体なんかいいんじゃないかと――」

医師は笑ったが、笑い声は先細りになり、笑顔はやがて厳しいしかめ面になった。まったく、患者と一緒になってピエロを演じるのをやめなければ。いったいここはサーカスなのか、療養所なのか？　ちょっと冗談をいうくらいはかまわないが、こうひっきりなしにおしゃべりをしたり馬鹿騒ぎをしたりするのはもうやめだ。たったいまから！

ベルを鳴らして廊下に出ると、ルーファスが近づいてくる足音がした。

「ジェネラルの具合がかなり悪い」ドクター・マーフィーは声を落としていった。「血漿はあったかね？」

「ええと……あー……その……」ルーファスは頭を掻きはじめたが、医師と眼が合うとすぐに手をおろした。「インスリンでソックを与えちゃあどうですか、せんせえ？　すぐにバクバク飯を食いはじめますよ」

「しかしインシュリンには耐えられないと思う」提案に対しうなずいて見せてから、医師はいった。ルーファスはかなり有能だった、持てる能力をきちんと使いさえすれば。ルーファスにかんして苛々するのは、持ちまえの常識的な判断力を使わずに、通信教育で習ったとかいう戯言《たわごと》を振りまわすところだった。「血漿にしておいたほうがいい」

「グ、グ、グ、グークローズはどうです？　ブドウ糖の点滴ですよ、せんせえ。朝飯代わりにちょいとグークローズでも――」

「グルコースだ！」ドクター・マーフィーはぴしゃりといった。「きちんと憶えられないのかね？　グークローズじゃないよ、まったく！　グルコース！　G・l・u・c・o・――」

「はいはい」ルーファスは即座にいった。「すぐ取ってきます」

「行かなくていい！　わたしに指図するのはやめてくれ！　この患者の体はブドウ糖をうまく燃焼できないんだよ、だから……ああ」医師は疲れた様子でつづけた。「血漿はないんだね？　注文を受けつけてもらえなかった、そうだね？」

「そうです。自分ならあすこと取引するのはやめますよ、せんせえ。ちっとも頼りになんねえ」

「そうだな。それじゃあ……」

「せんせえ……たぶん……おれとジェネラルはおなじ型だから、もし……もしジェネラルがいやがらなけりゃおれから血を――」

ドクター・マーフィーは歓喜の声をあげた。「いやがる？　なんだっていやがったりする？

なぜ——」

「まったくだ」診察室からかぼそい声がした。「それどころか、大喜びだ、大感謝だ、それに……あー……光栄だよ」

ルーファスは顔を輝かせた。ドクター・マーフィーはルーファスの背中を叩いた。「先に朝食を済ませてくるといい。ジェネラル、あなたはそこで横になって休んでいてください。三十分かそこらでまた来ますから。それから……ミス・ベイカーはもう降りてきたかね?」

「いや、自分の部屋でコーヒーかなんかを飲んでます」

「よかった! いやつまり……あー……結構」

ふたりは並んで廊下を歩き、医師は前日の長々とした非難を詫びた——自分では非常に寛大なつもりで。きみの問題はだね、冗談がわからないところだよ、と医師はいった。そりゃあクソ味噌に罵られるほどのことじゃないが、しかし……それにしても、だ!

「マーフ!」

「なんだね」ドクター・マーフィーは少しひらいたドアのまえで立ち止まった。「わたしの朝食はテーブルに置いておいてくれ、ルーファス。あとで——」

「マーフ! すぐに来てちょうだい、このくそったれ!」

ルーファスはそのまま廊下を進んだ。

ドクター・マーフィーは部屋に入った。

医師はその女のベッドの端に腰をおろし、しわがれた涙声がマーフィーを、マーフィーのスタッフを、マーフィーの診療所を、映画界を、税務署を、共和党を、民主党を——躁鬱病でアルコール依存症のスーザン・ケンフィールドが思いつくかぎりのすべてを——延々とこきおろすのを聞いた。すべてが美しい——ときに不適切な——ジェスチャーとともに語られた。

髪はまっ白だったが、大きな茶色い眼と、顔と、(大部分の露出した)体は、三十代前半の女のものだった。少なくとも、そこまで若くないのではないかと疑問に思うまでには時間をかけてじっくり観察する必要があった。正確な年齢は、ドクター・マーフィーも想像するしかなかった。おそらく四十前後だろうと思っていた。舞台歴二十年以上だそうだから。

ハスキーボイスで明瞭に話された言葉の洪水は徐々に引きはじめた。ドクターは親しみをこめて彼女の尻をぽんぽんと叩いた。

「気が晴れたかね? ほかに気にかかっていることは?」

「そうね……ええと、あの不愉快きわまりないジャドソンよ、マーフ! あたしはここに横になったまま、眠れなくて気が変になりそうだったの。それで、ほんの一粒の催眠剤を頼んだだけなのに——」

「あげられなかったんだよ、スージー。もう飲んでいたんだから」

「まあ……あなたまで。薄情な人ね! おやすみのキスさえしてくれなかったし」

「そんなものは効かないよ」

そういって、ドクター・マーフィーは石膏のように白く硬い頬にしっかりとキスをした。そして相手が肩に腕を回してくると、ぐっと身を引いた。

「さて、もう行かなければ。スージー、きみは――」

「マーフ……」

「なんだね?」

「マーフ、いとしい人、も、もちろん助けてくれるんでしょ? ああ、ダーリン、あなたはいつだって頼りになる――」

「勘弁してくれ!」唸るように医師はいった。「大根役者にはうんざりだ」

「大根役者! あたしにそんな悪口を……ねえ、助けてくれなきゃ駄目よ。いっておくわ。自殺してやるから。ぜったいに――!」

「どうやって? きみのようなババアを殺せる道具なんて売っていないよ。もしあればプレゼントするんだが」

「ば、ババアですって!」スーザン・ケンフィールドは大きな眼をぐるりと回した。この異端者の言葉をお聞きくださいと天に請うように。「この自称慈悲深い男があたしを、ば、ば――」そのひどい言葉は喉に詰まって出てこなかった。ドクター・マーフィーが代わりにいった。

「ババア、だ。まったくね、スージー、きみがそんなにデブでなければ、わたしがその窓から放りだしてやるんだが!」

「で、デブ」スーザンは泣きだした。「デ、デブですって！　この悪魔！　あんたなんか——」

「わたしがあんたを酔わせたか？　まさか！　そうしたくたってできなかっただろうさ。そもそもいちどだって素面だったことがない——」

「この下衆野郎！　けだもの！」

「わたしがきみを妊娠させたか？　これもノーだ。きみからもらったのはどでかい頭痛だけだよ……まったく、ほんとうにそれだけだ！　きみの支払いじゃ、わたしが飲むアスピリンの代金にも足りやしない。それなのに、図々しくも中絶までしてくれ、と！　きみにできることを教えてやろうか、スージー？　ひとりで×××してろ！」

「それができればよかったんだけど」スーザン・ケンフィールドは鼻をすすった。

ドクター・マーフィーは鼻を鳴らしてドアに向かった。そして戸口のそばで立ち止まり、ふり返った。

「ところで、スージー。いまどれくらいになる？」

「それがどうしたっていうのよ？」ミス・ケンフィールドは肩をすくめた。「二、三カ月、だと思う」

「だと思う？」

「それ以上ではありえないわ、マーフ。つまり、ほら」そういいながら彼女はごく軽く腹をたたいた。「それより長ければもっと目立つはずでしょ？」

「ううむ」ドクターは曖昧に唸るような返事をし、視線を彼女の体に走らせた。骨格が小さい。

しかし小柄ではあるが曲線は生々しい。この体つきなら……「最後に生理があったのは？」

「二、三カ月まえ」女優は即答した。「つまり、三カ月まえにやったってこと。たいしてよくなかったけど。いつもとちがって……」

「そうか。わかった」医師はまた唸った。スージーの年齢の女なら、生理が不規則になるのはよくあることだった。それに、臨月まで毎月出血する女だっていないこともない。「なぜわたしのところへ来たんだい、スージー？　逃げ道ならほかにいくらでも知っているだろうに。なぜわたしのところへ中絶を頼みに来た？　そういう仕事に飛びつく医者なら大勢いるんだから、そっちに行けばよかったのに」

「でも、いとしい人！　あたしは――」スーザン・ケンフィールドはためらい、ほんの一瞬、医師から視線を逸らした。それからまた眼を合わせた。愛と信頼に溢れ、無垢な様子で正直そうに大きく見ひらかれた眼を。「だって、どうしていけないの、いとしい人？　どうしてほかの人のところに行かなきゃならないの、あたしの最愛のお医者さんがここにいるっていうのに――」

ドクター・マーフィーは卑猥な単語を吐き捨てて部屋を出ると、乱暴にドアをしめた。スーザン・ケンフィールドの愛の言葉は、いきなり下卑た非難の叫びに変わった。

あの女は嘘をついている、と医師は思った。いや、正確には嘘ではないかもしれないが、何かを隠しているのは確かだ。いくつかの事実を隠している。それははっきりしていた。しかしいまはあの女の打ち明け話を聞いている場合ではない、それもまたはっきりしていた。一日のうちのこの時間帯に、そんなことをしている余裕はなかった。

マーフィーは食堂に入り、椅子を引いてテーブルにつくと、そこにいる四人の患者を眺めた。

6

まず、広告業者のジェフ・スローンがいた。明らかに具合が悪い様子で、さしたる興味もなさそうに食べ物をつついている。それから、バーニー・エドモンズがいた。若白髪だが、不自然なほど若々しく、パジャマにガウンをはおった姿でもなぜかきちんと整って見えた。バーニーが国際報道部門でピューリッツァー賞を受賞したのは、そう何年もまえのことではない。ニューヨークの一流紙で主筆をしていたのも、国際情勢にかんするベストセラーを二冊ほどものしたのも、そう何年もまえのことではない。それがいまではロサンゼルスの新聞社でパートタイムのリライターとして働く身で、どう見てもその仕事さえ長くはつづきそうになかった。

バーニーの右には双子のホルカム兄弟、ジェラルドとジョンが座っていた。五十がらみ、太り気味、禿げ気味のホルカム兄弟はハリウッドで成功した著作権エージェントのオーナーで、ドクター・マーフィーにいわせれば、彼ら自身のためにならないほど成功の度が過ぎていた。ふたりは初期の映画界におけるリーダーのような存在であり、アルコール依存症が仕事に響くようになるはるかまえに、エージェントの運営は従業員に任せるようになっていた。この従業員たちの給与の高さとそれに見合った能力の高さは、業界内ではすでに伝説だった。いまや著作権エージェントのG&Jホルカム社は世界中の主要都市に支社を構えていた。そして六桁の収入があり、時間に追われることのないジェラルド&ジョン・ホルカムは、エル・ヘルソ療養所内に終の棲家を構えているも同然だった。

ふたりは十日間の治療ののち、この週のはじめに出所した。そして昨夜、出ていってから四十八時間も経たないうちに戻ってきていた。救いようもないほど、ぐでんぐでんに酔っぱらって。これ以上泥酔するのはどうやっても無理、といったありさまで。

当然、けさはベッドを抜けだすこともできないはずだった。あまりにも二日酔いがひどくて、体が弱り、気分も悪く、部屋から出ることなどとうていできないはずだった。しかしふたりは食堂にいた。見るからに気分爽快な様子で、あろうことか朝食の大半をたいらげていた。

彼らの行動に説明をつけるとすれば、それはひとつしかありえない。ドクター・マーフィーはかすかに横を向き、ルーファスを呼んだ。

「はい?」

「ここにいるわれらが友人は」医師はホルカム兄弟に顔を向けてうなずきながらいった。「部屋にいくらかウイスキーを隠しているようだ。見つかるかどうか、ちょっと見てきてくれないか」

「はい」

「聞いたか、兄弟? 部屋にウイスキーだと! なぜそんなふうに思うんだろう?」ジョン・ホルカムがいった。

「ほんとうに、なぜかね?」ジェラルド・ホルカムがいった。「非常に軽率で衝動的な人だね、わたしの意見をいわせてもらえば。気にすることはないさ、兄弟」

「ここの雰囲気は独特だね」バーニー・エドモンズがいった。「うしろ暗いところなどなくても、びくびくしてしまうというか。ぼく自身がそうなんだけど。ここに来るたびに緊張して、不安になる……」

エドモンズとホルカム兄弟はこの些細な現象について大真面目に議論をし、ジェフ・スローンはときどき無表情なまま茶化すように口をはさんだ。

ドクター・マーフィーがいきなり皿を押しやっていった。

「なぜそんなことをする？　まったく理解できない……いったいなんだってそんなことをするんだ！　きみたちは飲むのをやめるためにここに来るんだろう、飲みすぎて死にそうになったから。それなのに、ここにいるあいだのすべての時間を費やして、なんとか酒を飲もうとする。なぜなんだ？　そこが断じてわからない！」

バーニー・エドモンズは考え深げに白髪頭を振っていった。「ぼくにも理解できたためしがないね」自分には関係のない問題だ、といわんばかりに。

「とても興味深い疑問だね」ジェラルド・ホルカムがいった。バーニー・エドモンズとおなじような口調で。「わたしたち兄弟もついきのうかおとといの夜にそれを話しあったんだ。憶えているだろう、ジョン？」

「ああ、憶えている」ジョン・ホルカムはうなずいた。「それについては、ここにいるよき友人の医師に尋ねてみよう、ということになったんだ。しかし彼もわれわれとおなじくらい途方に暮れているようだ……。ミスター・スローン？　何か考えがないかな？」

ジェフ・スローンは肩をすくめた。「いまいえるのは、飲まなきゃ体がばらばらになりそうだってことくらいだけど。どう思います、先生？」

「さっき飲んだはずだが」ドクター・マーフィーはぶっきらぼうに答えた。**なんだっていうんだ、みんなおかしいんじゃないのか？　それともわたしが狂っているのか？　こいつらはまるで――**

「ひと口ね。ほんの三〇ml飲んだだけ。ひどく震えがきている患者にとって、三〇mlのウイスキーがなんだっていうんです？」

「必要量だ。飲んでかまわない上限だよ」

「まあね」バーニー・エドモンズが穏やかに口をはさんだ。「もちろんさまざまなケースがあると思うけれど、ぼく自身の経験からいえば少量のウイスキーは少量の知識のようなものだ……かえって危険なんだよ。薬効があるというよりむしろ、そう、悪効がある。悪効だ、ホルカム。うまい言葉じゃないか？」

「造語にしても」ジョンがいった。「的を射てる。ともかく、きみの意見には全面的に同意するよ、バーニー」

「昔からの真実を簡潔にして美しい言葉でいいなおしてみると」ジェラルドがいった。「片方の翼では飛べない、ってことだ。全員の意見が一致したようですよ、先生。ミスター・スローンはもう一杯飲む必要があるし、飲むべきだ」

「だったらきみが自分で飲ませてやればいい」ドクター・マーフィーはぴしりといった。「ちゃんと知っているよ……見つかったかね、ルーファス？」

「いんや。部屋にウイスキーはありませんでした」

「しかし……わかった、もういい」

「どうでしょう、先生」スローンがいった。「こんどはもっとたっぷり注いでくれるっていうのは？」

ドクター・マーフィーはスローンを見た。スローンには、さっきアンタビュースを飲ませてある。この抗酒剤が効いていれば、ウイスキーを少し飲んだだけで死にそうな思いをするはずだった。

「いいだろう。ルーファス、ミスター・スローンに四五㎖ほどバーボンを持ってきてくれ」

そういって、医師は鍵をさしだした。ルーファスはそれを受けとり、すぐに酒を持って戻ってきた。医師は注意深く鍵をポケットに戻した。

「さて、いっておくがね、スローン。きみはこの酒を飲むべきじゃない。飲まなきゃよかったと思うはずだよ。飲まずにいたほうが気分がよかった、と」

ジェフ・スローンはうなずいた。「まったくそのとおりだと思いますよ、先生」そして酒をひと息に飲みほした。

ドクター・マーフィーは椅子をうしろに押しやり、立ちあがった。

医師は食堂を出て、玄関のドアからも出ていった。

バーニー・エドモンズはスローンに向かって感心したように頭をさげてみせた。「すごいな。たいした役者だ。先生はきみがこれから呪われたみたいに苦しむだろうと完全に信じている」「で、それを喜んでる」スローンはにんまり笑っていった。「またもう少し眼をパチパチしてみせたり、汗をかいてやったりしないとね。ちょうどよくやれば――ちょうどいいだけ苦しんでみせれば――あと三、四ショットくらい引きだせるかもしれない」

「ほんとうにアンタビュースは飲まなかったんだろうね?」ジョン・ホルカムがいった。「あれを服用していると――」

「いわれるまでもない。まえに飲んだことがあってね。座っていられなかった。じっと寝てもいられなかった。呼吸も鼓動もうまくいかない感じだった。吐きたいわけじゃないんだ。ただもう不快で居心地が悪くて、いっそ死んで全部終わらせたいと思った」

「しかし、薬を飲むところを見られていたんじゃないのか?」

「ああ、口には入れて見せた。でも水を飲むまえに手のなかに吐きだしたんだ」

スローンはトリックを実演し、ホルカム兄弟とバーニー・エドモンズは感心しながらそれを眺めた。

それからジェラルドがちらりと意味ありげな視線をジョンに向け、ふたりはバーニー・エドモンズに視線を向けた。三人は立ちあがった。

「よければ失礼したいんだけどね、ミスター・スローン……」

「どうぞどうぞ」ジェフ・スローンは気安くいった。「すぐに行ったほうがいい。おれはいまのところ大丈夫だから」

ホルカム兄弟はスローンの機転と理解に低い声で感謝の言葉をつぶやいた。バーニー・エドモンズは、状況を説明しなければならないような気分になった。

「ぼくらには……いや、ホルカム兄弟には、というべきだが、あと一リットル足らずしかないものでね。先生から引きだせるようなら、そうしたほうがいい」

「もちろんだ」スローンはいった。「おれなら自分でなんとかする。ところで、あのジェネラルっていうじいさんはどうしたんだろう？　けさテラスに出てるのを見かけたんだが、もし酒があるなら気つけに一杯やったほうがいいような顔をしていたよ」

「そうなんだ」バーニー・エドモンズはいった。「しかしジェネラルにはどうやって飲ませたらいいかわからない。ひと壜くらいすぐに飲みほしてしまうからね。そうしたら先生は……先生がどうするかなんて考えたくもない。気の毒だが……」

「わかるよ」スローンはうなずいた。「じゃあ、またあとで」

ウイスキーがひき起こした心地よいほてりを感じながら、スローンは席を立ってぶらぶらと部屋を横切り、フレンチドアを抜けて前庭を見わたせる敷石のテラスに出た。

こういう場所を維持するにはかなりの金がかかるにちがいない、とスローンはぼんやり考えた。しかし一日三十ドルも取るのだから――患者ひとりにつき三十ドル、プラスアルファ――ドクター・マーフィーはまちがいなくやっていけるだろう。それだけの金があれば、おれだったらこれよりずっとうまくやれる、とスローンは批判まじりに思った。これよりはるかにマシな経営ができる。

もちろん、定員に達するほど患者がいるわけではなかったが、その必要はないだろう。たとえば、ここの現状をいうなら患者は七人だけ。まあ、七かける三十なら二百十ドルになる。追加料金を考えればもっとだが、仮に二百十としておこう。二百十かける三百六十五日なら……一年で八万ドル近い収入じゃないか！　半分は儲けになっていると思わないようなら、おれは大間抜けだな。

突然、ジェフ・スローンは軽い嫌悪を覚え顔をしかめた。芝生の向こう端近くで、医師が低木の茂みから姿を現すのが見えたからだった。それまで両手両膝をついていて——医師ともあろうものが、手と膝をついて這いつくばっていた——壜を手にして立ちあがったところだった。医師はその壜を光にかざし、振ってみてから、木の茂っているほうに放り投げた。

それから下を向いたまま、テラスへの曲がりくねった砂利敷きの遊歩道を歩いてきた。

スローンはテラスの敷石からおりて医師を出迎えた。

「ああ、ドクター・マーフィー。お話ししたいことが——」

「ふん」医師は驚いて顔をあげ、それからスローンのすぐそばを乱暴にすり抜けた。「あとだ。いまきみと話している時間はない」

「ちょっと待って！　これは——」

「時間がないといっただろう、スローン！」

「しかし重要なことなんですよ！　それ——」

「それなら待てるだろう」ドクター・マーフィーは振りはらうように勢いよく向きを変え、フレンチドアの向こうに消えた。

ジェフ・スローンは怒りに任せて一、二歩追いかけた。しかしその後、顔を赤くしたまま不機嫌そうに砂利を蹴ると、建物のうしろ側のテラスに回った。

ほんの少しまえまで感じていたいい気分、冴えわたった心持ちは消え去りつつあった。いまはただ恥ずかしく、ちんけな男になった気分。いや、それよりなにより、ひどく腹立たしかった。

おれは酔っぱらっていたわけじゃない、完璧に礼儀正しく、ビジネスライクだった、だろ？それなのに、いったいなんだっていうんだ、スプリング・ストリートのホームレスか何かみたいに扱いやがって。

むっつりとテラスに腰をおろし、煙草に火をつけて海を眺める。そりゃもちろん、けさはウイスキーを飲ませてくれとせがんだ。マーフィーをうまく引っかけて、二杯せしめた。しかしやつは引っかけられたなどと思っていないし、そもそもマーフィー自身しょっちゅうこっちを引っかけようとしてるじゃないか。それに……それにとにかく、誰にだって起きぬけの一杯は必要だ。だいたいあの男は最初からひどく無礼だった。使える手段はなんだって使わなければ、きっとひと口の酒にすらありつけないだろう。

理屈をつけ、潜在意識が持ちだそうとする不愉快な事実には眼をつぶり、ジェフ・スローンはうまい具合に自分を正当化した。あのマーフィーってやつに思い知らせてやることだ。ほかのやつらはマーフィーの戯言《たわごと》を真に受けていればいい、もしそうしたいならば（**なぜそんなことをする必要がある？　何人かはかなりの大物じゃないか**）。だが、おれは思い知らせてやる。

思い知らせてやる、ええと、何かを。

きっと何か思いつくだろう……あと一杯か二杯飲めばすぐに。

スローンはぶらりと建物に入り、廊下を歩きながら、ホルカム兄弟に酒をくれと礼儀正しく、それでいて断固とした調子できりだすにはどうしたらいいだろうと考えた。あのふたりは、なろうと思えばどこまでも冷淡になれそうだった。バーニー・エドモンズだってそうだ、愛想はいいがつかみどころがない。あの連中は友人同士……少なくとも昔からの知り合いで、おれは部外者だ。だが、そうにべもなく拒絶したりはしないだろう。面倒を見てくれるという約束だったわけだし。そんな約束をしたのは、どうせおれが断るだろうと思ったからかもしれないが――実際、断った――とにかく勧めてはくれた。だからいまは医師にねだることができないと説明すれば……

廊下の先にある部屋のひらいたドアから医師の声が聞こえてきたので、スローンは歩く速度を落とした。

「……これで大丈夫。ジェネラル、あと一時間くらいはここで横になっていてくださいよ……きみもちゃんと座っていたほうがいい、ルーファス。あと十五分くらいは動きまわらないように……」

「はい」

「そのミルクを全部飲んでしまいなさい。ミス・ベイカー、コーンシロップはたっぷり入れてくれたかね？」

「はい、先生」

「結構……」

ジェフ・スローンはドアと平行に立ち、なかを覗いた。

年老いたジェネラルが眼をとじてベッドに横たわり、ドクター・マーフィーがジェネラルの右腕に包帯を巻いていた。ルーファスは上半身裸で、前かがみに座り、ベイカー看護婦が支えるグラスから何かをちびちび飲んでいた。

グラスを支える姿勢のせいで、ベイカー看護婦の制服の白いスカートがほんの少し持ちあがっており、ピンクがかったクリーム色の肌がスローンにもちらりと見えた。と、医師がふり返り、さまざまな感情の入り混じった、なかばあきらめたような眼でスローンを見た。

「わかったよ、スローン。まだ飲みたいんだろう？」

「実際のところは」ジェフ・スローンは冷淡にいいかけた……**誰が飲みたいなんていった？**

きっちりビジネスの話をしたかっただけなのに。

「どうなんだ?」

「実際のところは」スローンはぐっと唾を呑みこんだ。「そうです」

医師は顔をしかめた。「まったくもってわからんね、きみは……だが、いいだろう。鍵は持っているかね、ミス・ベイカー?」

「はい、先生」

「それなら、ミスター・スローンに飲み物を持ってきてくれ。彼に……あー、そうだな……六〇㎖だ。飲んだあとの反応を確認するように。よくよく注意をはらって確認すること、わかったかね?」

「はい、先生」

「それがすんだらすぐにわたしの執務室に来るように」

「は、はい、先生」

ジェフ・スローンはミス・ベイカーのうしろを歩きながら、こんな美人がよくいままで野放しになっていたもんだ、と思った。数日後、仕事に復帰したあとにデートに誘える可能性を考えた。しかし、そのアイディア自体は興味深かったものの、いまは本気で集中できなかった。またあとで考えよう、それよりいまは——

ひとつかふたつ、ドクター・マーフィーのために演技してみせるのが先だ。

ミス・ベイカーが酒の戸棚の鍵をあけて六〇㎖の酒をグラスに注ぐのを、スローンはそわそわしながら見守った。早く飲みたいと気が急くあまり、ウイスキーがもたらすはずの症状を装うのさえ忘れそうになった。

　ぐいっと飲んでホッとため息をつき、歓びに身を震わせる。それからすぐに、ミス・ベイカーに見られていることに気がついた。スローンは思いだしてよろめき、額をこすった。

　ミス・ベイカーはすばやく手を伸ばしてスローンの体を支え、脈を探った。スローンの顔を覗きこみ、すぐに眼を逸らして手首を放した。それからふり返って酒の戸棚に鍵をかけた。

「大丈夫でつか?」

「うん、大丈夫とはいえないな……正確にはね。だけど——」

「しばらく横になったほうがいいかもしれないでつね」

「ああ、そうしようかな」

　ほんの少し心配しながら、ミス・ベイカーが廊下を曲がって階段へ向かうのを見送った。看護婦は気づいているにちがいない。まちがいなく、医師に告げ口するつもりだろう。そしてすぐに——マーフィーはおれに戯言をしゃべらせず、理解してくれた——しかしすぐに……

7

執務室で机につき、長い脚を回転椅子のすれた基部に引っかけながら、ドクター・マーフィーは複式記入の帳簿をゆっくりととじ、ロールトップデスクの引出しに押しこんだ。まあ、少なくともひとつ、思ったとおりのことがあった。ここをあけておくにはヴァン・トワイン家の金が――現金一万五千ドルが不可欠だ。その額を用意する余裕と意志があるのはやはりあの一家だけだろう。

それについては正しかったが、マーフィーが正しかったのはそこだけだった。ほかのことについてはすべて、最初から完全にまちがっていた。

スーザン・ケンフィールドの企みを見抜けなかった。これは明らかにものすごく重要なことだった。でなければ、彼女もああまで隠しはしなかっただろう。

ジェネラルの輸血後の反応もよくなかった。

ホルカム兄弟のウイスキーも見つけられなかったから、いまはいい具合に素面でいるバーニー・エドモンズもまたすぐに酔っぱらってしまうだろう。

ジェフ・スローンはアンタビュースに対してしかるべき反応をしなかった。そして――こちらのほうがはるかに重要だが――冷たくあしらうという心理作戦に対しても。スローンの自我には強烈な打撃が必要だった。アルコールに屈すれば人はすべてを失うのだ、他人からの敬意や思いやりも含め、すべてを。それを教える必要があった。しかしいい考えのように思われた方法が、スローンに対しては明らかに失敗だった。スローンは怒り、意固地になってしまった。しかもまちがった方向に。

自分自身を苦々しく思うのではなく、スローンはマーフィーに怒りを向けた。

まあ――ここでミス・ベイカーが部屋に入ってきたので、ドクター・マーフィーは軽くうなずいて見せた――またべつの角度から試してみよう……時間ができたら。いまはもっと深刻な問題がある。

ミス・ベイカーはきびきびと部屋を横切りカルテを机に置くと、ドクター・マーフィーがそれをめくるあいだ、敬意をこめて立ったまま待った。

「ううむ」医師は顔をあげて身振りで椅子を示しながらいった。「座りたまえ、ミス・ベイカー。話したいことが……それはそうと、スローンはどうだった？　飲んでどんな影響があったかね？」

ルクレチア・ベイカーは答えをためらった。胃のあたりに不安が広がる。「あの……ちょっとふらふらしていたようでつ、先生」

「脈は？」

「ええと……そんなにはおかしくなっていなかったみたいでつ」

「わからん。まったくわからんね。まあ」ドクター・マーフィーは首を横に振りながらつづけた。

「彼から眼を離さないようにしないと。アンタビュースには解毒剤がないんだが、それは知っているね？」

「はい、先生。知っていまつ」

ミス・ベイカーは緊張を解きはじめた。先生はひとこともいわなかった――何もいわなかった。ふつうの人とおなじようにやさしくて、いまもまだわたしを信用して、頼りにしてくれている。だからたぶん、ミスター・スローンに疑わしいところがあることは、手遅れになるまえにいっておいたほうがいい。

「きみ！　ミス・ベイカー！」

「何……なんでつか？」ミス・ベイカーはいった。

ドクター・マーフィーは苦々しい顔つきをしていた。完全なしかめ面だった。看護婦として許されない罪だとたいていの医師が思うことを彼女はやってしまったのだ。医師の話に充分な注意を払わないという罪。

「ご、ごめんなさい、先生。わたし――」

「気にしなくていい」ドクター・マーフィーはそっけなくいった。「きのうの夕方、ホルカム兄弟がここに来たときにきみはいなかったのかね、と訊いただけだ」

「はい、いました」ミス・ベイカーは少しばかりはらはらしながら答えた。「手続きをしたのもわたしでつ」

「思ったとおりだ。ふたりがウイスキーを持ちこんだのを見かけたりはしなかっただろうか？」

「どうして……もちろん見なかったでっ！　わたしが見ぬがしっ——」

「しかしきみが見ぬがし……見逃したのは——」ドクター・マーフィーはつられて口をついたいいまちがいを自分で訂正してつづけた。「彼らが服を脱ぐあいだ部屋にいなかったからじゃないのかね？　なぜいなかった？」

ルクレチア・ベイカーは視線を落とした。服を脱いだ患者を見るのは平気でも、患者が服を脱いでいるところを見るのは耐えられないのだが、その理由を説明することはできなかった。

「つみません」ルクレチアはいった。「これからもっと気をつけまつっ」

「ああ……」ドクター・マーフィーはぐっと癇癪を抑えていった。「まあ、われわれにできることといったらそれくらいだからね。スローンのことがなければ、わたしもそこまで気にしないんだが。ホルカム兄弟に協力してくれと頼んだところで、まずあてにはできないし。あの量のウイスキーを飲んでなんともないとなれば、スローンにアンタビュースを飲ませたといっても信じないだろうからな。単に飲ませまいとしているだけだと思うだろう、スローンもそう思っているようだが……」

「そうでつね」

「そもそも」医師は苛立ちのにじむ声でつづけた。「依存症患者が酒を怖れるようになる方法があるなら知りたいものだよ。ことウイスキーとなるとまったく怖れ知らずなんだからな。あと一杯飲んだら命取りだといったところで、なんのためらいもなく手を伸ばす。どんな代価を払うはめになろうと飲むんだよ。以前ここに、ある患者がいてね――きみが来る数カ月まえのことだが――そいつが……」

声が先細りになり、途切れた。ドクター・マーフィーはミス・ベイカーの眼をまっすぐに覗きこんだ――心が一千キロのかなたにあるかのような空虚な眼を。

マーフィーは眼を離さずに待った。細い顔が、苛立ちでぎゅっと引き締まった。ミス・ベイカーがやったことを思うと、それが失望や不満という燃料を燃やす火口《ほくち》となった。小さな火花さえあれば火のつく、カラカラに乾いた導火線となった。

そろそろ我慢の限界だった。たいていの医師なら刑事告発したであろうところを、マーフィーは何もいわず、何もしなかったばかりか、助けようとしているのに。なぜ？ なんのために？ マーフィーがしゃべっているあいだ、眼をあけたまま居眠りさせるために？

火花が来た。

マーフィーが話すのをやめてからたっぷり二分ほど経ってから、ベイカー看護婦の柔らかな唇が動いた。

「そうでつね、先生」看護婦は小声でつぶやいた。

ドクター・マーフィーの眼が光った。青白い顔に散ったそばかすが、たくさんの一セント銅貨のように急に浮きだして見えた。

「な――」そういいかけ、次いでうがいのような曖昧な音をたてると、それきりベイカー看護婦は黙った。顎をドクター・マーフィーの右手にがっちりとつかまれ、口をこじあけられたからだった。「口をひらけ！」マーフィーは顔を歪めていった。「もっと大きく！　それから、舌を突きだすんだ！」

ミス・ベイカーはあえぎ、抗い……それからぐったりした。そして口をできるかぎり大きくあけ、舌を限界まで突きだした。

ドクター・マーフィーは薄い木の舌圧子を手に取り、綿密に調べはじめた。それから、つかんだときとおなじくらい唐突に手を離すと、舌圧子を横へ放った。

「舌たらずなしゃべり方をする理由はどこにもない」マーフィーはいった。「なぜそんな話し方をする？」

「え、わたし……わたしが――」ミス・ベイカーは手の甲で口もとをこすった。「わたし――」

「ずっとそうしてきたから？　もしかしたらまえは理由があったのかもしれない。だが、いまはない。これっぽっちも。わたしならいい加減にやめるね」

ミス・ベイカーはうなずいた。「そ、そうでつね――」

「そうです！　いってごらん――そうです」

「そうです」ベイカー看護婦は明瞭に、しっかりと口にした。

「そうだ」ドクター・マーフィーは椅子の背にもたれていった。「簡単だろう？　これからは気をつけるように。べつに害があるわけじゃないが、きみのケースのようにとくに理由がない場合には、何かの表れなんだ、何か……その……願望の。退行現象のようなものだろう。きみは無意識のうちに幼児期に返ろうとしている。こう考えるといい。言動に責任を持たなくていいという以外に、幼児期にいったいどんないいことがあった？　たいしたことはなかっただろう？　大人になってから手にした、もしくは手にすることができるようになったものに比べれば」

ミス・ベイカーの顔に浮かんだ笑みは、マーフィー自身のそれとおなじくらい親しげだった。いや、それ以上だった。どこか非常に女性的で感じのいいところがあり、ドクター・マーフィーは頭皮がチクチクするような、快い刺激を覚えた。

「ああ、わたしはべつに――」

「あなたはすばらしいかたです」ルクレチア・ベイカーは囁くようにいった。「ほんとうにすばらしい。わたしのことをそんなに気にかけてくださるなんて、とてもやさしいかたでつ……かたです」

「いや、べつに」医師はいった。「とくに何をしたわけでもない。あとで、午後になったらまた話をしよう」

「ええ、喜んで！」ベイカー看護婦が息せき切って答えるので、医師は少しばかり焦って看護婦を部屋から追いたてた。

マーフィーはミス・ベイカーが出ていくのを見守った。動揺して、少しばかりおちつかない気分だったが、不快ではなかった。ミス・ベイカーの反応から判断するに（ほかにどんな判断材料があるというのだ?）、話し合いはとてもうまくいった。最初はちょっとばかり手荒だったかもしれないが、明らかにそういう方法が必要だった。もしかしたら、何年もまえのあのベルヴューの看護婦も手荒に扱うくらいのほうがよかったのかもしれない……思いだしてみれば、このベイカーという娘は彼女によく似ている……

やれやれ、何をいっている。ドクター・マーフィーは自戒の念をこめて首を横に振った。ルクレチア・ベイカーへの興味は、それとはまったく関係ない。関係などあろうはずがない。わたしはかなり気ままで気楽な男だが――なるほど、気ままで気楽に過ぎるきらいはあるかもしれないが――気ちがいではない。医師にとって、看護婦と火遊びをするのは女性患者をもてあそぶことに次ぐタブーだ。

そんなことはできるわけがなかった。牛追いの鞭で人を打ったり、ウェイターの腹を刺したりできないのとおなじことだった。

一方、執務室の外では、ルクレチアが気持ちをおちつけるために立ち止まっていた。ルクレチアの頭もドクター・マーフィーとおなじくらい混乱していた。もう怯えてはいなかった。恐怖を感じる余地などなかった。脳細胞はひとつ残らず、血流は末端にいたるまで、怒りに満たされていたのだから。散弾銃のような怒りだった。狙いを定めたもともとのターゲットからいくらか衝撃が分散してしまうような怒りだった。医師のまえには権威という名の盾があった。断固たる権威。そして少なくともいまのところは、その盾を貫けるだけの銃弾をルクレチアは与えられていなかった。医師はルクレチアの守りに痛烈に切りこみ、怒りをかきたてはしたが、その怒りに焦点を与えなかった。

「待つのよ」ルクレチアは自分にいいきかせた。「待って、見ていればいい、あの医者が何をするか……」

しかしそれを待つのは無理だった。いい、いますぐ何かしなければならなかった。いまこの瞬間にも。何か……誰か……手段を見つけなければ……

叫び声、というよりはわめき声がキッチンから聞こえてきた。すぐにさまざまな種類の怒声、「イーヨウ！　ホーーーイ！」

唸り、金切り声がつづいた。調理器具や食器のぶつかりあう騒々しい物音と一緒に。

ルクレチアは眼をきらめかせた。頭をぐっと起こし、背筋をぴんと伸ばすと、そっと執務室まえの通路を出て食堂を横切り、スイングドアを抜けてキッチンに足を踏み入れた。

コックのジョセフィンがヒステリーを起こしたのだが、すでにピークは過ぎていた。いまは引き潮で、ジョセフィンはぐったりとスツールに腰かけ、揺れたり震えたりクスクス笑ったりしながら、一方の腕に顔を埋《うず》め、もう一方の腕をゆっくりあげたりさげたりして、粉々に砕け散った皿にフライパンを叩きつけていた。

ルクレチアはジョセフィンのそばまで行った。

「いったい、ここで何があったの？」

一瞬、コックはぴたりと動きを止め、次いでゆっくりと顔をあげた。看護婦を認めて見ひらいた眼は、笑いすぎたせいでまだ赤かった。

「いい加減にして！　聞いてるんでつか、ジョテフィン？　もうやめて！」

「やめたじゃない」ジョセフィンはさも不満そうにぶつぶついった。「あたしはなんにもしてやしないよ。うるさくしてるのはあんたでしょ」

ルクレチアは身を固くした。「こっちを見て、ジョテフィン！」

いやいやながら、おずおずと、次いでしっかりと、ジョセフィンは眼を向けた。ハート型の顔を見おろし、絹のようなまつげの奥の大きくて澄んだグレーの眼を……優しさと純真さを覗きこんだ。つかのま、この看護婦に対する理不尽で本能的な恐怖よりも困惑がまさった。

「なんで？」頭を掻きながら――無意識のうちに出た困惑のしぐさだった――ジョセフィンはいった。「なんであんたはそんなに……そんなに意地が悪いんだい？」

8

意地が悪いですって！
そんなことないのに！　絶対に――誰がなんといおうと。いまなんといわれようと。すべて不合理で馬鹿げた、わざとこちらを傷つけようとする嘘だ。真実は、いまのこの生活のなかにはないのだから。

……父親が死んだとき、ルクレチアは三歳にもなっていなかった。ひとりの男としての記憶はなかった。いや、もっといえば、人として憶えているわけではなかった。父親は盾であり、避難所だった。温かさそのものであり、心地よさそのものであり、慰めの言葉そのものだった。人間ではなかった。

人間だったのはミスター・リーミイだった。

大切な父親を失ってから一年が過ぎたころ、ルクレチアと母親はミスター・リーミイのところで暮らすことになった。この引っ越しはどうしても必要なの、と母親は説明した。母親は必要という語を、定義や議論を超えた〝閉じよゴマ〟の呪文の一種としてよく使った。だが、その後母親はそれまでの例に反して言葉をつづけ、わたしたちはほんとうに運がよかった、ミスター・リーミイはとってもすばらしい人だ、誰がなんといおうとこのうえなく立派な人だ、と頑なまでにくり返した。

その翌日——母親がぎりぎりまで話さなかったので、翌日にはもう引っ越しだった——ルクレチアはミスター・リーミイに会った。そしてあまりの失望の大きさに、泣きだしそうになった。もちろん、実際に泣きはしなかった。必要なことについて泣いたって仕方がない。ただ麻痺したように立ち尽くし、衝撃と混乱を覚えつつ、立派なとかすばらしいとか、そのほかすべてのこれ——この〝人〟——にかんすることと折り合いをつけようとした。

ミスター・リーミイはその家の薄暗い書斎にいた。椅子の両方の肘かけに一本ずつ杖が引っかけてあり、椅子は暖炉にくべられたわずかな石炭のまえに引き寄せてあった。前屈みに腰かけたミスター・リーミイは、まるで蜘蛛のように見えた。脂肪でゆるんだ上半身に、魚の腹のように白い、膨らんだ顔。パイプの軸みたいな脚は先へいくほど細くなり——それがまた蜘蛛のよう——ルクレチアよりほんの少し大きいくらいの靴のなかへと消えている。

母親はルクレチアをまえへと引っぱり、ちょっと押して正面に立たせた。ミスター・リーミイは腐ったようなにおいのするぽちゃぽちゃした手を伸ばして彼女の腕をつねった。

反射的に身を引いてルクレチアはいった。「いやでつ」

「いやでつ?」ミスター・リーミイはからかって楽しむことにしたらしい。「きみは小さな男の子かね。それは小さな男の子がよくやるしゃべり方だ」

「ちが……そうでつ」そういってルクレチアはもう一歩さがり、母親の手を握ろうとした。

「ああ、ほんとうに男の子なのかね? それは残念だ。小さな女の子だったらいいと思っていたんだが。わたしは小さな女の子が好きなんだよ、そうだろう、マ……ミセス・ベイカー？ わたしは女の子が何を好きかよく知っている、そうだろう？」

母親は不明瞭に何かぶつぶつと答えた。ミスター・リーミイはまたルクレチアをつねろうとして、失敗した。からかいが辛辣さを増した。

「男の子なんだな」ミスター・リーミイはいった。「小さな男の子のしゃべり方だからな。残念だよ。きみが女の子じゃなくてほんとうに残念だ。わたしは女の子が好きで、女の子もわたしが好きなのに。女の子になりたいと思わないかね……？」

とうとう、ありがたいことにやっと、母親がいった。「すみませんが、この子はちょっと緊張しているようです。ほら、ミスター・リーミイにおやすみなさいっていいなさい」

「おやすみの挨拶もできないんじゃないかね。女の子のようにはいえない、そうだろう？」

もう母親に引っぱって行かれそうになっていたが、ルクレチアは答えるために立ち止まった。ミスター・リーミイを納得させせなければならなかった。自分は彼の好きな小さな女の子とはちがうと……ミスター・リーミイが自分を好きになることはないと確認しておきたかった。

「そうでつ」ルクレチアはいった。「おやつみなさい」

……その後、ルクレチアがミスター・リーミイと接することはほとんどなかった。家は大きく、家事をする人間は家政婦である母親しかいなかった。母親を助けるために、ミスター・リーミイがいない場所でやるべきことがルクレチアにもつねにあった。ミスター・リーミイはトレーに載せられた食事を自室か書斎でとった。ルクレチアと母親はべつの場所で食べた。ルクレチアは早い時間に自分の部屋で寝かされ、いちどベッドに入ったらそこから出ないことが必要だといい聞かされた。ミスター・リーミイは、脚のことがあったので、階下《した》の寝室を使っていた。

だからふたりは互いにほとんど顔を合わせなかった。ミスター・リーミイはほんとうはいないのだ、と思いこむこともできそうだった。学校にあがるまえの数年だけだったが。その後は無理だった。〝怪物〟についてのひそひそ話や含み笑いが聞こえてきたし、無遠慮に尋ねてくる者もいた(「きっとあんたのことを捕まえにくるわよ。そういうの、ママが知ってるって。それでママがいうには……」)。教師たちも妙な眼でルクレチアを見た。しばしば嫌悪をこめて。しかしたいていは憐みをこめて——こちらのほうが耐えがたかった。ある休み時間に女子トイレから階段をあがっていくと、上の踊り場から教師たちの話す声が聞こえてきた。ルクレチアの母親とミスター・リーミイのことを話す声が……。

ほぼ三カ月かかって、ルクレチアは自力で真相をつきとめた。子供時代におけるきらきら輝くすばらしいばかりの真実の対極にある、裏切りと醜さに満ちた大人の真実を。三カ月のあいだ考え、準備し、夜間に部屋を出るなという禁止よりも優先できる緊急の用事ができるのを待った。やっとそれができた。待ちに待った、やむをえない理由ができたのだ。できたことはできたが、ルクレチアはさらに数夜待った。ギシギシと階段を踏みしめる音、次いで書斎のドアが開閉されるときのキーキーときしむ音が聞こえてくる夜まで。ルクレチアは十分近く——心臓が四百回ほど鼓動するあいだ——待った。それから微熱があることを確かめ——これはほんとうのことだった、その数日、ルクレチアは熱を出していた——水のグラスが空になっていることも確認すると、静かに階段をおりてキッチンに行き、蛇口から水を注いだ。

水は飲まないわけにはいかなかった。それに病気になりかかっている身としては、長くて急な階段の途中にある踊り場で立ち止まるのも、少しのあいだ……いや、必要なだけ長く腰をおろしてひと息つくのも賢明なことといえた。

書斎の採光窓はきのう磨いたばかりだった。ほかの仕事とおなじようにきちんとやっておいた。染みひとつないガラスのおかげで、いつものように乏しい炎のまえに座るミスター・リーミイの膨らんだ体がさらに拡大されて見えた。窓は絵画の額のようにミスター・リーミイを囲んでいた。長方形の枠は彼の姿だけを強調し、周辺にあるほかのすべてのものを忘れさせた。

母親は見えなかった。頭がぐらつき、一瞬まぶたが垂れて眼をとじてしまった。ふたたび眼をあけたときには、ミスター・リーミイは杖を使って椅子から体を持ちあげようとしていた。

ミスター・リーミイが立ちあがると、胴体だけが眼に入った。

ミスター・リーミイは一本の杖で体を支え、もう一本の杖を振りあげた。

母親の姿はまだ見えなかったが、ミスター・リーミイはよく見えた——てらてらと濡れた口、どんよりした眼、そして杖で打つ……

何か床にあるものを。

振りあげられ、打ちおろされる杖が見えた。ぎこちない動きが、だんだん速く、速くなって……

これで充分だろう。これ以上のことはないはずだ、これを乗り越えられればすべてを乗り越えられる。そう思うことで、ミスター・リーミイの家にいた残りの年月のあいだルクレチアはどうにか正気を保った。

たぶん、これですべてだろう……しかしそうではなかった。のっぴきならない悪事の証拠がまだ最後にひとつあった。おそらくそれが最悪の証拠だった。それがあの家で過ごした年月の意味をすべて剝ぎとった。恥と醜さをまき散らし、無条件の服従を強いた年月が、まったく実を結ばなかった。平安は訪れなかった。過去の犠牲と困難のすべてをもってしても、慰めと保障は得られなかった。

確かに、母親はミスター・リーミイの唯一の相続人だった。それは約束どおりだった。しかしミスター・リーミイの地所はみなが思っていたほど広大でも豊かでもなく、彼が死んだときには無価値であるよりさらに悪かった。ミスター・リーミイは贅沢な暮らしをしていた、ともっぱらの噂だった。巨額のつけが残っていた。不動産も動産もひとつ残らず抵当に入っていた。

ルクレチアと母親は、母屋の裏にあった掘っ立て小屋に住むことを許された。町でルクレチアと母親によくしてくれたのは、医師のウォーフィールド父子——年老いたウィルと若いウィル——だけだった。この医師ふたりが母親を無料で治療してくれたり、ルクレチアを放課後にオフィスで働かせたりしてくれた（賃金は実際の仕事の価値の二倍支払われた）。おかげでルクレチアはなんとか高校を卒業することができた。その数週間後に母親が亡くなった。

これでよかったんだよ、まちがいなく、と医師ふたりはいった。きみのお母さんは正気を失っていたのだから、と。内側に、治しきれない何かを抱えていたのだから……

……ジョセフィンはミス・ベイカーを凝視していた。不安そうに、ぎゅっと眉を寄せて。一瞬、未払いの週給をあきらめてもいいから代わりに魔法の花の根がほしい、と思った。ヴードゥーのまじないの粉ひとつまみならもっといい。まじないの粉をふりかける必要のある人間がいるとすれば――それがものすごく必要な人間がいるとすれば――ミス・ベイカーがまちがいなくそうだった。

ミス・ベイカーは、確かにかなり意地が悪かった。まさに邪視だった。しかし明らかに、いまのミス・ベイカーのように具合の悪そうな青白い顔をして怯えた病気の子供みたいに見える人に、苦しみの責任などあるはずがなかった。邪視で睨まれる人はたくさんいる。どんなにいい人だって、誰かがまじないをかければ、そのまじないが解けるまで悪い状態に陥るのだ。

ごく慎重に、ジョセフィンはミス・ベイカーの腕に触れた。ひどく怖かったが、罪もなく苦しんでいる人を邪視から助けるのは当然の義務だった。

ジョセフィンはもう少ししっかりと腕に触れ、それから肘のあたりをつかんで看護婦をスツールに座らせた。

「大丈夫」ジョセフィンはいった。「大丈夫だからね、ミズ・ベイカー。あったかくておいしいコーヒーでも飲んで」

ミス・ベイカーは虚ろな眼でカップを見おろした。

火傷するほど熱いコーヒーをひと口飲むと、ルクレチアの眼の焦点が合いはじめた。とても居心地がいいけれど、すっかり時間に遅れてしまっているはずだった。着替えて、なんとか……この髪をなんとかしないと。だって……うなじのあたりが引きつれているから。ほんとに引っぱられてるみたいに！

ルクレチアはいらいらと手で髪を梳いた。

その手がジョセフィンの手とぶつかった。もう少しで、髪をひと房切りとろうとしてジョセフィンが持っていたナイフをはたき落とすところだった。

驚いたルクレチアの指からコーヒーカップが滑り、膝に落ちた。ルクレチアは跳ねるように立ちあがり、コーヒーを垂れ流しながら金切り声をあげた。

「何をしてるの？　わたしに何をしたの！」

「なんにも」ジョセフィンは答えた。眼が邪気を取り戻したのがわかった。「なんにもしてませんよ」あとずさりしながらジョセフィンはいった。「あたしはなんにもしてないったら！」

「何かしたじゃない！　ふざけないで……うしろに何を隠しているの？」

「あたしが？　あたしがですか、ミズ・ベイカー？」

「ジョテフィン！　手を見しえなさい！」

ジョセフィンは肩をすくめ、濡れ衣を着せられたとでもいうように、不満そうに下唇を突きだした。そして両手をまえに回すと、さしだして見せた。

「ほら」ジョセフィンはぶつぶつといった。「手を見たいってんなら、どうぞ。あたしにはふつうの手に見えるけどね、逆らう気はねえんですから。気にしませんよ。ただ、すぐに――」

「もう」ミス・ベイカーは頬を赤くしながらいった。「もうたくさんよ、ジョテフィン！　あなたは確かに何かして――」

「だから何も持ってないでしょうに。見たけりゃ足だって見せますよ。ただ、そこに突っ立ったままでいるとコーヒーが床じゃなくて靴の上に流れて――」

ミス・ベイカーは汚れた制服を見おろすと、逃げるようにキッチンを出て階段をのぼった。

うまくごまかせたことにかえって悲しそうな顔をしながら、ジョセフィンはうしろに手を伸ばして、一時しのぎのホルスター――エプロンのひも――からナイフを引っぱりだした。それを口のそばまで持っていき、刃に息を吹きかけて曇らせ、胸のあたりで拭《ぬぐ》った。そして冷蔵庫から肉を取りだし、昼食のために切りはじめた。

ジョセフィンはため息をついた。明らかに希望のないミス・ベイカーの先行きを思い、ドクター・マーフィーの悩みの信じがたいほどの密度を思った。その悩みの最新の原因は、スーザン・ケンフィールドだ。

ありゃあたいしたタマだわと思いつつ、ジョセフィンはいやな笑いをもらした。まったく、たいしたもんだよ。年老いたママも、あの人たちがミズ・ケンフィールドを連れてきたときにカウンターの窓口から一緒に外を覗けたらよかったのに。ママか、ユーカリおばあちゃんが。おばあちゃんは眼も耳もまったく利かないけど。まあね、見えたり聞こえたりするにこしたことはないけど、どうしてもってわけじゃない。ほとんどの場合、頼りになるのはにおいだ。においは——人はどうして、自分に嗅げないからってだけでそのにおいがないなんていえるんだろう？——嘘をつかない。

ジョセフィンは肉をひと切れつまみ、口のなかに押しこんで噛みながら考えた。たぶん……ジョセフィンの頭は静かに、肯定とも否定ともつかない動きをした。あの人たちはあたしを笑うだろう。こっちが笑うのはいやがるくせに、いつだってあたしを笑うチャンスを待ってるんだから。自分たちで気がつくまで放っておこう。そう長くはかからないだろう。

ミズ・ケンフィールドの赤ん坊は、もういつ生まれたっておかしくないんだから。

9

バーニー・エドモンズは右手の親指と人差し指を曲げてＯＫのしるしをつくりながら、ホルカム兄弟の二人部屋の細くあけたドアから後ずさりした。

「行ったよ」バーニーはにやりと笑いながらいった。「テラスに向かったみたいだ」

「きみはちょっとあの男に無愛想だったね」ジョン・ホルカムがいった。「そうは思わないかね、兄弟？」

「さあてね」ジェラルド・ホルカムが答えた。「バーニーは不必要なまでに堅苦しかった、という見方もできるかもしれないが、あの若者は自分でそれなりにうまくやっていたわけだからね。われわれがやる気をそぐこともないだろう」

「ああ、そうだな、ほんとうにそうだ」ジョンはいった。「それにもちろん、勧めるときにはもっとたくさんのウイスキーがないと」ジョンはくすくす笑い、ジェラルドのほうを向いた。「ホスト役を任せてもいいかな？　残念ながら、こっちには分けられるほど残っていないんだよ」

「かまわんよ、兄弟」

ジェラルドは立ちあがると、ベルトをはずしてパジャマのズボンを膝まで落とした。たっぷり半リットルのウイスキーが、右の腿の内側に粘着テープで留めてあった。ジェラルドはテープをはがし、ウイスキーの半量をバーニーがベッドの下から出してきたグラス三つに注ぎ分けると、ボトルとズボンをもとに戻した。

三人は乾杯した。

三人とも友人同士だった。いまこの瞬間には、すっかり脱力してくつろいでいた。三人でなくひとりでいるようなもので、なんの防御も必要なかった。

ジョン・ホルカムが椅子から肉づきのよい尻の一方を持ちあげ、そっとさすった。「きのう、尻に注射を打たれただろう、兄弟？　あの看護婦に」

「打たれたよ」ジェラルドはいった。「きみはどうだい、バーニー？」

「いや」バーニーは首を振った。「先生が面倒を見てくれたから。あの看護婦については、いっておきたいことがあって……」

バーニーはそのいっておきたいことを話した。バーニーの意見では、相手がミス・ベイカーの場合、自分から見えない場所に注射を打たせてはいけないのだった。「おそらく、欲求不満なんだろう」と彼は結論をくだした。「男の尻をひと目見ると、自分を抑えられなくなってしまうんじゃないかな」

兄弟は笑った。三人はまたグラスを持ちあげ、各々自分の酒の残量を盗み見た。

ベイカー看護婦の手荒さについてドクター・マーフィーに文句をいおうとは、誰も思っていなかった。エル・ヘルソはそれまでに彼らが贔屓にしてきたほかのいくつもの療養所よりはるかにましだった。ミス・ベイカーだって、ときどき処置がひどく痛いことはあるものの、まえにいた看護婦たちよりずっとよかった。最後にもうひとついうなら――いや、重要性からしたらこれを最初にいうべきだが――アル中は選べない。乞食はえり好みできない、という諺の乞食以上にえり好みができない。他人の欠点への耐性を充分に持って生まれてきた人種だが、すぐにもっと寛容になる。ならなければやっていけない。

「まあ、あれだ」ジョン・ホルカムがうわの空でつぶやいた。「毎日毎日酔っぱらいの相手をするのは、ひどく骨の折れる仕事だろう。少しばかり乱暴になったからといって責められない」

「わからないのは、なぜ先生みたいな優秀な男がこんな仕事をつづけているか、だ」ジェラルドがいった。

「ああ、それは」バーニー・エドモンズがグラスのなかのウイスキーを回しながら答えた。「ごく個人的な理由なんだ、聖戦みたいなものでね。知っているかな……いや、知らないか、先生の父親は酒が原因で死んだんだよ」

「まさか!」兄弟は声を揃えていった。

「そうなんだ。それが先生にひどく大きな影響を与えたんだね、ぼくには彼を責めることはできないな。その父親というのがやはり医師で、かなり腕もよかったんだが、長い時間をかけて坂を下っていった。やがて仕事をすべてなくし、友人をなくし、金をなくし、妻も死んでしまった。それで、これを最後と痛飲して町の連中を完全に怒らせ、結局刑務所に入れられた。当時の人たちは当然、アルコール依存症のことなんか何ひとつ知らなかったから、ただのひどい酔っぱらいってことで、正気に戻るまで刑務所に入れたわけだ。治療もなし、何もなし。四日経ったところで先生が——われわれの先生だよ——抗議したり懇願したりして騒ぎたてた。あんまり騒ぐものので、とうとう医者が呼ばれたんだ。でも遅すぎた……最初の日に呼ばれていれば間に合ったかもしれないんだが。先生の話では、牛もぶっ倒れるほどのモルヒネを注射したが、ベーキングパウダーを投与してもおなじだったんじゃないかというくらい、なんの効果もなかったらしい。父親は震えつづけて、震え死んでしまった」

「比喩だろう、もちろん?」

「いや、文字どおり。先生がいうには、体のなかに裂傷ができたんだろうって。骨が外れていたところも何カ所かあったそうだ」

「まあね」ジョンがいった。「先生がそういうならそうなんだろう。あの先生は患者を怖がらせようなんて無駄な真似はしないだろうから」

「ほんとうだよ。その話をしたとき、先生はぼくに腹を立てていたんだが、それがつくり話なんかじゃないってことはわかった。似たような話をどこかで読んだことがあったから」

本を読むことをやめると誓うのに充分な理由だな、とジョンはいった。

しゃべると喉が乾くというのは妙だな、とバーニーは述べた。

ジェラルドはふたたびズボンをおろし、残りのウイスキーをすべて注ぎ分けると、壜をベッドの下に押しこんだ。三人は乾杯した。グラスをおろしながら、ジョンはためらいがちに問うような視線をジェラルドに向けた。眼の合ったジェラルドはうなずき、小さくもうひと口飲んだ。

「ところで、バーニー……」

「なんだい？」

「どうかな……その……きみのほうの調子は？　仕事とか」

「思うに、全部クビになったんじゃないかな。じつはあまり気にしていないんだ。どうせうんざりするような仕事だったから」

「どんな……あー……」といいかけて身じろぎをしたジョン・ホルカムは、突然痛みに顔をしかめた。「クソッ、あの女！　ええと……きみを怒らせたくはないんだが、もしよければほんの少し融通……」

バーニーは間髪入れずに笑い声をたてた。「そういう話題で怒ったことなんかないじゃないか。しかし……やめておくよ。気が進まない。できればそういう話はしたくなかった」

「まあまあ」ジェラルドがいった。「われわれのあいだでほんの数ドルがなんの——」

「その数ドルがあったらぼくはどうするだろう？」バーニーはいった。「仮に数千ドルあったらどうするだろう？　おなじことをするよ、いままでずっとしてきたのと」

「ずっと、ではないだろう」

「気持ちとしてはずっとだ。やめておくよ、ホルカム、悪いが……ああ、もし仕事をくれるなら……それもありきたりな仕事じゃなくて、失敗しようがしまいが問題にならないような仕事だ、わかるだろう、それなら……まったく！」バーニーは白い髪を指で梳いた。「やりたいと思う仕事があったのはいつの話だろう！　自分が重要な人間だと思えたのは。いったいいつから見張られたり、警備員にさえ息を嗅がれて当然のような場所にばかり出入りするようになったんだろう」

バーニーは残りの酒をぐっと飲みほし、身震いすると、急いで煙草に火をつけた。深く吸いこんでから吐きだし、笑っていった。「来週は、イースト・リンに行くんだよ」

「いまいおうと思っていたんだがね、バーニー」ジョンが口をはさんだ。「きみに来てもらいたいのは山々なんだが、会社には方針があってね。こんな方針をとらなきゃならないことをわれわれ自身が誰よりも遺憾に思っているわけだが——アルコール依存症患者は採用しないことになっているんだよ。誰であろうと、例外なく」

「すばらしい！」バーニー・エドモンズはクックックッと笑った。

「ぜんぜんすばらしくないさ」ジェラルドが深刻な声でいった。「これは単に、さっききみもいっていたように、実際のところどうあるかという現実の問題なんだよ、どうあるべきかという問題じゃなく。こんなふうに考えてみてもらいたい。依存症患者をひとり責任あるポストに雇い、問題なく働いてくれたとする。それならと、全部で六人雇って、やはり問題なく働いてくれたとする。しかし七番めのひとりは……駄目なんだよ。そのひとりが、われわれが四半期に稼げる総額よりも多くの額を一日で失ってしまう……これは誇張でなく、ほんとうにあったことなんだ。

ほかの六人が稼いでくれたよりも多くを、そのひとりのせいで失ってしまう。ほかの六人だって誰かが、あるいは全員が、いつおなじことをしでかさないとも限らない。危険はおかせないんだ。われわれ自身も、酒が入っているときは絶対にオフィスに近づかない」

「絶対にだ」ジョンがうなずいていった。「それが理由のひとつだ……まあ、きみもわれわれの立場はわかっているだろう、バーニー。自分たちのことだって信用できないっていうのに——これについては疑問はまったくない——どうしてほかのアル中を信用できる?」

「もちろんそうだろうとも。仕事のことはほんの冗談だよ。だいたい、エージェントで何をしたらいいかなんてまったくわからないし」

「待ってくれ、バーニー」ジェラルドは立ちあがっていった。「このことではこちらもひどく寝覚めが悪いんだよ。何かわれわれにできることがあれば——」

「何も思いつかないね」

「また本を書いてみたらどうだ? たとえば、そう、一万語くらいの梗概を出してくれれば、そこそこの前払い金を引きだすことはできると思うがね」

バーニーは動きを止めた。兄弟が心配そうに見守るなか、数秒が過ぎた。それからバーニーは首を横に振った。

「何を書けっていうんだ? ぼくはフィクションは書かない。世界情勢にもすっかり疎くなってしまった……本の骨組になるような誰かが、何かがあれば……いや、ないな」

「よく考えるんだ」ジョンが促した。「そんなに急いでノーの返事をするものじゃない。何かしら方法が——」

「方法があるっていうのか?」バーニーはいった。「時計を一九四四年ごろまで戻す方法が?ひとまず失礼するよ。また昼食のときに」

ふたりに向かってウインクをし、肩をぐっと張って、暢気そうにパタパタとスリッパの音をさせながら、バーニー・エドモンズは部屋を出た。

10

ジェフ・スローンはその日、ひどい朝を迎えていた。他人からはそんなふうに見えないかもしれないが、それはまったく関係がない。おなじ病の者だけが、ジェフの状況の良し悪しを判断する資格があるのだ。ジェフにいわせれば彼の状態は最低だった。

昨夜はビタミン注射を打たれた。ビタミン注射と、何か催眠剤のようなものを。それだけだった……おれがほんとうにアンタビュースを飲むように見張るのが療養所の役目ではないのか? おれが酒を飲めないようにするのが療養所の役目だ。そのために一日三十ドルも払っているのだから。それを自分でやらなきゃならないのなら、なぜ彼らに金を払う必要がある?

いろいろなことを立て直すためにここに来たのに、療養所はなんにもしてくれやしない。ただおれをここに閉じこめておくだけ。薄っぺらいバスローブを着せて、ふらふらさせておくだけ。

なぜここがそんなに強く勧められるのか、なぜ会社側がここに入るようにといい張ったのか、ジェフには理解できなかった。まったく、わけがわからない! アルコール依存症患者が入れる療養所がほかにはないみたいじゃないか(**それにもちろん、おれは本物のアル中じゃない。酒はいつも自分でコントロールしてきた**)。似たような場所はたくさんある——飲酒癖を治すことを保証している場所が。一日につき三十ドルも取らない場所が!

ジェフはアルコーブに椅子を戻した。海から爽やかな風が入ってきた。ローブをしっかり体に巻きつけ、前屈みに椅子に座る。ふだんは陽気な顔つきが、いまはおかしいほどむっつりとして不機嫌そうだった。

ぜひとも自分の服を取り戻してエル・ヘルツを出ていきたかったが、不可能ではないにしろ、困難ではあった。まちがいなく会社から問い合わせの電話が入るだろうし、そのときもしここにいなければ――ここを出ていけるくらい充分に回復していれば――仕事に戻ることを期待されるだろう。そこまではまだ無理だった。それに、きっとドクター・マーフィーが出してくれないだろう。

ジェフはこの最後の可能性についてよく考え、状況を頭のなかで言葉にしてみた。療養所の連中はおれをここに投獄して、そのうえここに留まるために料金を請求している……そんなことが許されるのか？　たぶん許されるのだろう。完全に合法ではないとしても。しかしいまのおれの立場で大騒ぎをしてもいいことはない。極限状態にならないかぎり、ここから出せと強硬に主張するのはやめたほうがいいだろう。

ウイスキーが切れかけていた。黒い疑念が――以前には無縁だった不安や自信のなさが――心に入りこんできた。おれはほんとうに、自慢したほど仕事ができたんだろうか？　そもそもいい仕事をしていたのか？　それとも、会社がお情けで置いてくれているだけなのだろうか？

彼は苛立たしげな笑い声をたてた。まったく！　このジェフ・スローンに何ができるかは誰でも知っている。業界の誰かに訊いてみればいい……だが、いまのままつづけられるだろうか？

それができなくなったらどうする？　ほかのことなど何もやったことがない。コピーライターにも、アーティストにもなったことはないし、会計士みたいな仕事もしたことがない。おれにできるのは、何かのアイディアに食いついてそのあと押しをすること、それを大勢のなかに投げこんで、その大勢に好きになってもらうことだけだ。それに――

それにここでは大成功を収めたとはいえなかった。まず医師に軽くあしらわれ、次いでバーニーやホルカム兄弟にも軽くあしらわれた。あのケンフィールドって女の差し金かもしれない。おれが来るのを聞きつけて、おれを貶めるためにひと芝居打ったのかもしれない。あの女とジェネラルのふたりだ。あのスローンってやつには気をつけろとか、きっとうんざりさせられるぞとか、そんなようなことをいわれていたのかもしれない。

ジェフはローブの袖で額を拭《ぬぐ》った。馬鹿馬鹿しい。ちょっと鬱になっているだけだ。ただのでっち上げだ。いまやるべきことは……やるべきことは……

いやしかし、なぜ考えちゃいけない？　けさのことはどうだ？　マーフィーは例によってもうどうでもいいという態度だった。まるでここがどうなろうと気にも留めない、というような。あいう男は取引をするのに都合がいい。提案を持ちかけ、物事の計算をさせる、もしそれだけのあいだ足止めしておければ。そしてここを出たらすぐに自分で電話をかけたり話をしたりすればいい……そうすれば、ここのやつらに思い知らせることができる。マーフィーに思い知らせることができる。

もし——

しかし——

依存症患者特有の落ち込みがジェフを引き裂いていた。力量を示す大仕事をしなければならないと強く思いながら、知らず知らずのうちにそれをする気力が挫かれていた。頭のなかの声はふたつのことを同時に告げていた。やらなければならない——しかしできない。確実に失敗するだろう——しかし成功しなければならない。

頭がおかしくなりそうだった。比較的軽い症状ではあったものの、ジェフにとっては初めてのことで、もう少しで叫びだしそうになった。そこにルーファスがやってきた。

ルーファスは、階段の小窓からジェフを観察していた。アルコーブに座っているせいで建物のほかの場所からはジェフの姿が見えないことに気づき、ルーファスは満足しながら眺めていた。こんなチャンスはめったに巡ってこないので、彼はさっそくそれを利用することにした。

「ミスター・スローンですね」ルーファスはできるかぎり颯爽として見えるようにいった。「ご気分はいかがです?」

「ああ、まあ——」ジェフはルーファスを見て態度を決めかね、椅子から立ちあがりかけた。

「まあ、大丈夫だ、たぶん」

「どうぞ座ったままで。楽なように、椅子の背にもたれてください」

ルーファスはポケットから聴診器を引っぱりだして、イヤーチップを調整し、採音部をジェフのパジャマの内側に滑りこませた。いかめしい表情で聞き入り、まじめなプロの眼でジェフの眼を見つめる。やがて立ちあがり、聴診器をポケットに戻した。引き結んだ唇と、ぐっと寄せた眉が、知りえた事実にルーファスが当惑していることをはっきり示していた。

「それで?」ジェフは不安げに笑って尋ねた。

「あなたの心臓はずっとまえからこんなふうでしたか?」ルーファスは尋ねた。

「こんな……こんなふうって? 自分で知っているかぎり、心臓に悪いところなどないはずだが」

安全かつ信憑性のあるどっちつかずの態度を模索しながら、ルーファスは首を横に振った。

「ああ、もちろん、単純な……交感神経の問題かもしれませんね。何かほかの病気への反応です。口をあけてもらえませんか」

ジェフは口をあけた。

ジェフは少しばかりまごついていた。ルーファスのことはただの下働きだと思っていた。給仕とか、雑用全般をこなす人間だと思っていた。しかしいまここでは、医師の役割を担っている……こういう場所にもインターンがいるのだろうか?

ここではすべてがふつうとちがった。だからこの男が多少おかしなふるまいをしているように見えたとしても――なぜそんなふうに見えるのか、はっきりとはわからなかったが――まあ、それも当然なのだろう。

ルーファスは顔をしかめ、一方の手で顎を撫でながらジェフを見おろした。

「もしかして、非常に便秘じゃないですか、ね？」ルーファスは期待をこめていった。

「いや、取りたてて気にするほどは」ジェフは答えた。

「もしかして、非常に頭痛だ、とか？」

「まあ、そうだね。だけど、そろそろ……その……」ジェフはためらった。医師にしては、こいつはしゃべり方が少しばかりおかしくないか、しかし——

「立ってください」

「いや……もしかまわなければ、おれは——」

「立って！」ルーファスはきっぱりといった。

ジェフ・スローンは立った。ルーファスはハムのような手をジェフの頭の両脇に当て、そっと押したり引いたりしはじめた。

「気分がよくなりませんか？　ゆったりしたいい気分に？」

前後左右に頭を揺すられながら、ほんとに気分がよくなったよ、とジェフは同意した。

ルーファスはさらに強く手を押し当て、動かすスピードをあげた。「リラックスして。力を抜いて。いまからちょっ……ちょうせつしますから！」

そういって、いきなりぐいと強く引いた。ジェフ・スローンの首のすぐそばで、ポキッという大きな音がした。ジェフはわめき、乱暴にルーファスから身を引き離すと、建物の壁に倒れかかった。

「なんてことを」ジェフは喘いだ。頭がかすかに左肩の先のほうに傾いでいる。「首を折りやがった!」

「ま、まさか。折ってなんかねえです」迫りくる災難の予感に、ルーファスは内心震えていた。

「ちょうせつを最後までさせてくれないから。それだけのことだ。あと一回、ちょっとだけ捻ってやれば——」

「勘弁してくれ」ジェフはうめくようにいった。「どこまで馬鹿なんだ! 首の先にまだ頭がついてるだけでも幸運だったよ」

ジェフはルーファスを睨みつけた。それから頭をおかしな角度に傾けたまま、足取りも荒くテラスをあとにして建物に入った。まったく、うんざりだ! ここの馬鹿どもを笑いとばしてやりたい。いまのジェフの望みはそれだけだった。

ジェフのプライドのためにも、出くわした人の健康のためにも幸運なことに、ジェフは誰にも見られずに自室にたどり着いた。ドアをしめ、鍵がないので椅子をドアに押しつけて、ベッドに体を投げだした。仰向けに寝ようとしたところで鋭い痛みが走り、反射的に体を起こした。

横向きに寝てみる。向きを変えてみる。うつぶせに寝てみる。絶望的な気分でうめき、ジェフはまた起きあがった。

煙草にどうにか火をつけ、むっつりと吸った。大きな動きで煙草を前後させながら唇まで運んだ。

吸殻を床に投げ捨てると、悪態をつきながらベッドから立ちあがり、バスルームに向かった。

まったく、とジェフは唸るようにいい、バスルームの鏡で自分の傾き具合をじっくりと見た。あの男が変人だと、なぜわからなかったのだろう？　ただの下働きだ、そうにちがいないとわかっていたのに。それなのにそのまま……

ジェフは水を出しはじめた。すると、シンクにハンドタオルが落ちているのが見えた。それをひろい――

「えっ！」驚いて息を呑み、さっと頭をあげた。首がまたポキッと鳴り、「いてっ！」と声をあげる。それからもういちど鏡を見て、頭を前後に動かすと、ジェフは大喜びで声をたてて笑った。治っている。もとの位置に戻っている。シンクにあったものを見たときに、ひょいと動かしたおかげで……

「なんとね」彼はそっといい、それを持ちあげた。「おまえはほ、ん、と、う、に命の恩人だよ！」においを嗅ぎ、慎重に小さくひと口飲む。飲んで声をあげた。「ウーフ！　ワオ！」

まじりっけなし。タンブラーにいっぱいの――三〇〇㎖はあるだろう――純正ウイスキーだった。

ジェフはまた飲んだ。奇跡の理由など、これを楽しみたいという差し迫った欲求のまえでは問題ではなかった。理由なんかクソくらえだ。理由なんか、誰が気にする？　これはくだらない悪戯なんかじゃない。幻覚でもない。本物の、まじりけなしのウイスキー、飲めるウイスキーだ。

ジェフは昔の精力が戻りつつあるのを感じた。

「命の恩人だ」ジェフは小声でいった。文字どおりの意味で。

ジェフはちびちびとウイスキーを飲んだ。残り三分の二くらいになると、またグラスがいっぱいになるまで水を注いだ。小さくもうひと口飲み、一瞬グラスを口もとにとどめて、考えこむように味わう。それから満足してうなずいた……なかなかうまいやり方じゃないか、と自分の〝発見〟を得意に思った。それがアル中のレパートリーのなかで最もありふれたトリックであることは知らなかった。生《き》の酒を味わうことができたあと、もとの量になるまで水を足す。そうすると、薄まっていることがほとんどわからなくなるのだ。限られた範囲のなかで存分にウイスキーを楽しむことができる。

ジェフは寝室にグラスを運んだ。椅子をさらにしっかりとドアに押しつけ、またベッドに腰をおろす。煙草を吸いながらちびちび飲んでいると、自信と楽観的な気分が温かく軽快な波となって全身に満ちた。少しのあいだ酒を飲まずにいることの利点のひとつがこれだった。しばらくぶりに飲むと、ほんとうにいい気分になれるのだ。

完全な高揚状態で、ジェフは無意識のうちに笑みを浮かべていた。まったく、さっきはつまらない愚痴をいったものだ。そんな理由などなかったのに。誰もおれをあしらおうなんてしなかった。バーニーやその仲間たちには問題なかった。このウイスキーをここに持ってきてくれたのはあの三人にちがいない。出向いていって、礼のひとつも——

しかし、もし彼らじゃなかったら？　なのに礼をいったとしたら……もう一緒に飲めるほど残っていないことや、そもそも分けてやるつもりなどないという事実を脇へ置くとしても、ちょっと気まずいのではないか。さっきの彼らの態度に対する皮肉と受け取られるのではないか……もしこれをくれたのがあの三人でなかった場合には。

そういえば、ホルカム兄弟が持っている酒のブランドのことをバーニーがいっていなかったっけ？　……いっていた！　確か、純正ではなかった。

いま飲んでいるこれは、療養所の酒にちがいない。まあ、おれにウイスキーの味のちがいがわかるとすれば。

ジェフはためらいを覚え、グラスを握る指を少しばかりゆるめた。昼食の時間を知らせるチャイムが、食堂からかすかに聞こえてくる。さらに指の力を抜くとグラスが滑りかけ、慌ててまた指に力をこめた。そしてウイスキーをぐいと口もとまで運び、大きくひと口飲んだ。

もうあとひと口分しか残っていなかった。グラスの三分の一よりちょっと少ないくらい。ジェフはそれをベッドの脚の内側に隠した。ドアから勢いよく椅子を引き離してよろめき、体勢を立て直して、ジェフは部屋を出た。

11

ドクター・マーフィーはつねに患者たちと食事をとることにしていた。少なくとも食堂に出てくることのできる患者たちと。決して愉快な仕事ではなかった——神経をすり減らされるし、時間もかかる。しかし必要なことであり、努力する価値はあると思っていた。食欲、あるいは食欲のなさ、そして食べるときの態度から、患者の状態についてわかることは多かった。それに、一緒に食べることによって、あの医者は自分たちを見くだしているのではないかとか、ひとりでもっと上等な食事を楽しんでいるのではないかといった患者の疑念を払拭することもできた。

スーザン・ケンフィールドと、それにもちろんハンフリー・ヴァン・トワインを例外として、いまは全員がテーブルについていた。ジェネラルさえもがそこにいた。背筋をぴんと伸ばして粋な様子だったがひどく震え、スプーンですくったスープを口まで運ぶこともできなかった。視界の隅で彼を観察していたドクター・マーフィーは、ルーファスの手に何かを滑りこませ、小声で話しかけた。一分後、ジェネラルのコーヒーカップがさげられ、またべつのカップが出てきた。それを飲むと彼の震えは落ちつき、食事ができるようになった。

医師は静かにため息をついた。完全にまちがっている。これは殺人だ。しかしどちらか一方を選ぶしかなかった、時間をかけた殺人か、いますぐ餓死させるか。生きる道のひとつしかない人間の場合、たとえそれが悪いものだとしても、完全に取りあげることなどなかなかできるものではない。

マーフィーはその問題について考えるのをやめ、べつの問題に移った。つねにそこに存在し、つねにこのうえなく忌まわしい問題である、資金について。いやいやながら頭のなかで計算をはじめた。足し算と引き算、割り算と掛け算を繰り返したが、結果はいつもおなじ、絶望的な数字だった。

ジェネラルはどうだろう？　持っていない。金はほとんど持っていない。薬代がぎりぎり払えるだけ。

バーニー・エドモンズは？　ない。

スーザン・ケンフィールドは？　いまは持っていない。スージーはどんちゃん騒ぎのあとにはいつも金欠で、多額の借金をしている。いまは駄目だ、そして問題はいまなのだ。

ホルカム兄弟は？　ある。まさにいま、融通が利く。しかも寛大な融資が期待できる——もちろん、頼むことも受け入れることもできないのだが。治療すべき相手から借金をすることはできない。負い目が治療に影響することが避けられないからだ。

ジェフ・スローンは？　ある。

ヴァン・トワインは……？

ドクター・マーフィーの計算が突然止まった。ルーファスの注意をとらえ、また指示を囁く。

好奇心と安堵の入り混じった様子でジェフ・スローンのそばをうろついていたルーファスは、ひどく驚いた顔をした。

「おれが食事の世話を?　おれがあの——」

「そうだ」ドクター・マーフィーはいった。「何か問題でも?　きのうはとくにあの部屋のあたりをうろうろするくらい心配していたじゃないか」

「ああ、だけどあの患者の口のそばをうろうろしてたわけじゃねえです」

医師は顔をしかめた。「さあ、行くんだ。彼は子供とおなじだよ……完全に無害だ。なんどいったらわかるんだね?」

「はあ。おれにはそういいますけど、彼にもいってくれてますか?」

ミス・ベイカーが椅子から立ちあがりかけた。「わたしが行きましょうか、先生。わたしが全部——」

「ルーファスがやるよ。きみにはタイプしてもらいたい報告書がいくつかあるんだ」

「それもできますけど、でも——」

「ルーファス!」ドクター・マーフィーはぴしりといった。「行くんだ!」

「はいはい、もうちっとしたらすぐ行きますよ、これを全部やっちまってから——」

「残りはジョセフィンがやってくれる。さあ、もう行ってくれ」

ルーファスは大きな肩をがっくりと落として出ていった。ミス・ベイカーはよく聞こえない謝罪の言葉をぶつぶつと口にし、テーブルを離れた。医師は顔をしかめながら、看護婦が執務室へ向かうのを見守った。

さりげないやり方とはいえなかったが、ミス・ベイカーをここから追い払う必要があったのだ。どのみち午後になれば突っこんだ話をしなければならないわけで、いま何かを遠まわしにいったところであまり意味がなかった。

ドクター・マーフィーは煙草に火をつけ、コーヒーカップを手に取った。そして何気なくテーブル周辺を見ながら煙草を吸い、コーヒーを飲んだ。

ホルカム兄弟はほとんど食べていなかった。つまり、手持ちのウイスキーを切らしてしまったので、食べるのをやめることでできるかぎり長く体内のアルコールをもたせたいのだろう。バーニーはスープをほとんどたいらげ、サンドイッチも少し食べていた。バーニーのウイスキーの供給源はホルカム兄弟なので、あきらめて素面に戻り、苦しみを終わらせるつもりなのだろう。バーニーは自分の問題と向きあおうとしている。

ドクター・マーフィーにはそれがうれしかった。バーニーはその気になればまだあと数時間は酔っていられるのに、現実と折り合いをつけることを選んだのだ。もちろん、強い必要性があったからそういう選択をしたわけだが。もしもっとウイスキーが手に入ったらバーニーはどうするのか。それはまた別問題だった。

だがもうバーニーが酒を手に入れることはない。ホルカム兄弟が手に入れることもない。

ジェフ・スローンは……

スローンはスープのスプーンをなんどか口に運び、その後椅子の背にもたれて煙草を吸いはじめた。汗をかいており、顔が赤かったが、それ以外はくつろいでいるように見えた。動きはしっかりしていて、愛想のよさのなかにどこか尊大なところがあり、体のなかでウイスキーと強力な抗酒剤が混じり合っているはずの人間らしくはなかった。奇妙だ。信じがたい。しかし信じがたい状態というのはアルコール依存症患者にはままあることだった。スローンは強烈なエゴイストだった。持ちこたえられるかぎりはそのままでいるだろう。もちろん、もう長くはもたないはずだったが。

スローンがこれ以上ウイスキーを飲めないのは確かだった。いくら抵抗したところで、もうまもなく死ぬ目にあう——生きている人間としては最も死に近い状態になる——はずだった。なぜやりすごすことができているのだろう、酒のひと口ひと口がすべて毒に変わっているはずなのに。なぜホルカム兄弟に近づこうなどと思えたのだろう（バーニーにあしらわれたことは、ミス・ベイカーからの報告でわかっていた）。人はなぜ、自分を殺そうとする飲み物を手に入れるために、争ったり懇願したりできるのだろう？

医師はコーヒーカップをおろし、椅子に座ったままほんの少し体の向きを変えた。

「気分はどうだね、スローン？」医師はいった。

「ふつうですよ」ジェフはいった。「あんたの気分はどうです、マーフィー？」

ホルカム兄弟は一緒になってふり返り、ジェフ・スローンを凝視した。バーニーは顔をしかめ、ジェネラルは少しばかり驚いたような顔をした。

「どうしたっていうんだ?」ジェフの声は食堂じゅうに大きく響いた。「先にミスターを省いたのは彼のほうだ、そうだろう? 気分はどうだいジェフ、ってファーストネームを呼んだわけでもなかった」

「そのとおりだよ」医師はすばやく答えた。「気に障ったなら悪かった。ほんとうに大丈夫かね、ジェフ? もう少し昼食を食べてみたらどうだろう?」

「いや、結構」スローンはいった。

「さて」医師はナプキンをテーブルに置きながらいった。「よければそろそろ失礼して……」

「ちょっと待った」ジェフ・スローンがいった。「話したいことがある」

「そうかね? しかし残念ながら――」

「ウイスキーがほしいってわけじゃない。先生はそれしか思いつかないみたいだけど。おれがそれしか考えてないと思ってるわけだ。そうじゃなくて、ビジネスなんですがね。少しばかりビジネスの話がしたいんですよ」

「わかった。それなら執務室に行ったほうがいいんじゃないかね?」

「いや、べつに。あなたがここにどれくらいの値をつけるか知りたいだけですよ。現金にしたらどれくらいか」

ドクター・マーフィーは無理やり笑っていった。「買い手を探してくれるのかな? ありがたいが、売るわけにはいかなくてね。だってそうだろう、きみたちを診る場所がなくなったら、わたしはどうしたらいい？」

「つまり」ジェフはいった。「おなじくらいおいしい仕事はほかにないってわけか」

してやったりといわんばかりの笑みを浮かべてジェフはテーブルを見まわした。だが、その笑みは徐々に硬くなり、やがて消えた。

「事実を述べたまでだ」ジェフはぶっきらぼうにいった。「ある意味ではそうでしょう。儲かる仕事じゃなかったら、やっていけるわけがない」ジェフはいったん口をつぐみ、それから頑なに、不機嫌そうにつづけた。「そうでしょう。そのはずなんだ。みんな、自分で計算してみたらいい。文句をいってるわけじゃない。それでいいと思っているよ。金のない場所で金は稼げないんだから。先生はあんたたちから――おれたちみたいなやつらから――一日三十ドルじゃなくて五十ドル取ったっていいんだ、大賛成だよ。最高の商売だね、そうでなければおれは――」

「そのとおり」ドクター・マーフィーはいった。「バーニー、ジェネラルを部屋まで連れていってもらえないだろうか。少し寝かせたいんだよ」

「ちょっと待てってば！　おれが話をして――」

「ああ、いいよ」バーニーがいった。「待つよ。聞いてみようじゃないか、ミスター・スローンがほかに何をいいたいのか。つづけてくれ、ミスター・スローン、すごく役に立つご意見だよ。その戯言《たわごと》をあと少し聞けば、ぼくも酒がやめられるかもしれない」

「な、なんだと」ジェフは怒りで顔を青白くして、椅子を倒す勢いで立ちあがった。「おれが酔ってると思ってるんだろう？　それなら――」

「酔っているならいいがね」バーニーはいった。「どうやって酔えたのかは知らないが、酔っているならいいのにと思うよ。きみがそんなことを信じるほど大馬鹿者だなんて、考えるだけでうんざりだからな――くそ、いってやってくださいよ、先生！」バーニーは嫌悪で声を詰まらせた。「われわれのうちいったい何人から金を取っているんです？　ぼくが最後にいくらかでも払ったのは、いつのことでしたっけ？」

「バーニー！」医師は冷ややかな声でいった。「きみはなんの権利があって――」

「ぼくはいいますよ。ぼくは――」

しかしジェフ・スローンはもうそこにいなかった。テーブルを離れ、食堂を出ようとしていた。恥ずかしさのあまり酔いも醒め、気持ちが悪かった。自分がいやでたまらなかったし、その場の全員を憎み、軽蔑していた。向こうもおなじくらいおれを憎み、軽蔑しているにちがいないと思った。

なぜおれにしゃべらせた？　なぜ止めてくれなかったんだ、こんなふうになるまえに――彼らを憎むしかなかった。自分を締めつけてくる憎しみの屍衣を、自分からとりのけて彼らにかぶせるために。

部屋に入ってドアをしめ、ベッドの下からひったくるようにして酒を取りだした。くそ！　なんとかしてここを出なければ。酒場に行かなければ。七五〇㎖の酒壜のある自分のアパートメントに帰らなければ！　ここを出ることさえできれば、彼らに思い知らせて――

壊れそうな勢いでドアがあいた。酒はジェフの手を離れ、ドクター・マーフィーが彼の肩をつかんで揺すり、彼に向かってわめいていた。

「どれくらい飲んだんだ？」

「そ、そんなに、た、たくさんは――」歯がカスタネットのように鳴って、うまく言葉が出なかった。

医師はジェフの肩を放し、左腕をつかんだ。袖を乱暴に押しあげ、親指で脈を探る。「そんなに怒らないでくれ！　落ちついて。いったいどれだけ――」

「この馬鹿が！」医師は息をついた。「ずっと心配で気が変になりそうだったんだぞ。きみがいったいどうなるかと思うと、こっちは空回りするしかないんだからな！　たったいま、きみのおかげで五年は寿命が縮んだよ、それに……スローン！」マーフィーは怒鳴った。「わたしがこの手で殺してしまうべきかもしれない！」

それからマーフィーはどさりとベッドに腰をおろし、頭を両手に埋《うず》めて、体を揺すりながら大声で笑った。

「煙草を持っているかね？」

ジェフ・スローンは一本渡した。医師はせかせかとマッチを擦って、煙草の先に持っていった。

「ありがとう」医師は煙を吐いた。「きみは絶対に薬を飲んだと思っていた。あの兄弟がきみに酒を渡していないのもわかっていた」

「ええと、それは」ジェフはためらった。何よりも、この医師に対しては正直でいたいと思った。暗い疑念から引っぱりだしてくれた行為を無にするようなことはいっさいしたくなかった。

しかしシンクでウイスキーを見つけたといったら、ひどく妙に聞こえるだろう。あれはほんとうにあの兄弟がくれたものではないのか……

「まあ、いい」医師はいった。「座りたまえ……いまの気分は？　まだたっぷり飲みたいかね？」

「えっ、それはおれが」ジェフは腰をおろしてつづけた。「おれは……あー……そうでもないです」

「いや、きっと飲みたいだろう。きみはものすごく恥をかいたと思っていて——もちろん、実際にそうなんだが——それを忘れるために飲みたいと思っている。まあ、それはかまわない。飲みたいと思うのは。実際に飲まなければいいだけだ……ちなみに、いまは酒のことをどう考えている？　まだコントロールできると思っているかね？」

「それは、その……今回はさすがにこたえました。けさ飲んだあれっぽっちで。おれは……まえは七五〇㎖の二、三本くらい平気で——」

「もう二度とそんな真似はできないよ」ドクター・マーフィーはいった。「それともこういうべきか。さっきやらかしたよりもはるかに悪い厄介事に直面する心の準備ができていないなら、そんな真似はしないほうがいい。きみはもう一線を越えたんだよ、ここでよく使う言葉でいえば。

酒を飲むための免許を失ったんだ。今後は、いちど飲むごとに少しずつ前回より悪化していく。それは確かだ。バーニーもホルカム兄弟もジェネラルも、あるいはほかの患者に訊いても、みんなおなじことをいうだろう」

「だったら、なぜみんな酒を飲むんです?」

「それはわたしにもわからない。彼らの飲酒について、個別の原因を指摘することはできるが、根本的なところはわからない。しかしこれだけはいえるよ。バーニーの年齢の人間が酒をやめるのは、きみの十倍むずかしい……。ところで、きみはなぜ飲みたいんだね?」

なぜ? ジェフは首を横に振った。「わかりませんね、はっきりしたところは。あまり考えたことがなかった。おれの仕事では飲む機会も多いし、そう、酒でも飲まなきゃずっと緊張していて、力を抜けないからかな……あるいは、ちょっと気分を盛りあげるために――」

「ちがうな」医師はいった。「それは言い訳だ。理由ではない。アルコール依存症患者が酒を飲む理由はひとつしかない。怖いからだよ。わかっているよ、さっきいったことと矛盾しているね。バーニーやほかの患者がなぜ飲みつづけるかはわかっている。わからないのは、その理由の根底にあるものだよ。つまり、何が怖いかだ。彼らはなぜ、気力をウイスキーで強化しようとしつづけるのか。酒は解決にはならないのに。問題を増やすだけなのに」

「わかりませんよ、先生」ジェフは慎重にいった。「自慢するわけじゃないけど、おれは――」

「わかってる。しかしどう思われていようと――鉄の神経の持ち主だとか、ピンチヒッターだとか、敵を完全にノックアウトできる男だとか、必ず勝つやつだとか――それはきみにとって充分じゃない。きみは怖れている。結果を出して人々に見せつづけなければならないから。見せれば見せるほど、さらに見せなきゃならなくなる。それができなくなったとき……」

「まあ、たぶん……」

「いや、たぶんじゃないよ、ジェフ。きみはそんなふうだ。大事なのは現実を受け入れることだよ……自分をあるがままに受け入れること。いまはまだ、きみの怖れは空想の範囲にある。実質的な根拠がない。だがもし酒を飲みつづけるなら、その怖れに現実的な理由が伴うことになる。人に会うのが怖くなり、鼻であしらわれるんじゃないかとか、自分の噂をしているんじゃないかと怖くなる。仕事の質が落ちはじめ、落ちれば落ちるほど、落ちる方向への流れが大きくなる。つまり、自分で自分を無能だと思うだけじゃなくて、実際に無能になってしまうんだよ。多くの患者を診ているからね、ただ漫然とこんないい方をしているわけじゃない」

ジェフは身の入らない様子で笑みを浮かべていった。「確かにそのとおりだと思いますよ、先生。自分が馬鹿げたふるまいをしたことはわかっているし。ただ――」

「ただ？」

「その、これは……ここにいるほかの人たちよりおれのほうが強いとか有能だとかいうつもりはないんだけど、ただ……その、思うにおれの場合はちょっとちが――」

「そうか」医師は静かにいった。激しい感情を必死で抑えこんでいた。ほんとうは大笑いしたかった——あるいは、泣きたかった。話をしてもなんの役にも立たなかった。これっぽっちも。患者はみな知的な人々で、自分は事実をはっきりと告げる。患者たちはそれを聞いてうなずき、ときどき口をはさむ。そして話が終わると……「わかった」マーフィーはくり返した。「バーニー・エドモンズは……彼らのなかではバーニーがいちばんきちんとしている。ジェネラルとホルカム兄弟が何者かはきみも知ってのとおりだ。みんな大物で、頭のいい男たちだよ……それでも酒をコントロールできない。しかしきみはできるわけだ」

「いや、それは」ジェフは居心地悪そうに身じろぎをしていった。「そうはいってませんよ、先生。今後はすごく気をつけなきゃいけないっていうのはわかってるんです、飲むときにはもんのすごく気をつけなきゃいけないっていうのは。でも——」

「でもきみはアル中じゃない。ほんとうのアル中ではない。いままでは飲みすぎだったから、量を減らせばいいだけだ。まあ、そのとおりかもしれない。きみの服を持ってきてもらおう。出ていってかまわないよ」

「出ていく！」ジェフは急に姿勢を正した。「だ、だけど……まだちょっと震えが——」

「なに、それくらい止められるだろう」ドクター・マーフィーはいった。「生《き》の強いやつをベルトの内側にでも隠し持っておけばいい——まともに動けるのに充分な量だけね。それで大丈夫だろう。しかし出ていくまえに、ちょっときみに頼みたいことがある。内密に相談に乗ってもらいたい問題があるんだよ。いいかね、秘密は厳に守ってもらいたい。そのうえで忠告がほしいんだ。

ずっと誰かと話したいと思っていたんだ、しかしここには患者しかいないから――」

マーフィーはすまなそうに肩をすくめ、立ちあがった。ジェフもゆっくり立ちながら、ドクター・マーフィーの顔を探るように見た。

「あの、先生、おれは……いいたいことを正確にいえなかった気が――」

「もちろん、そんなことはないさ。きみは依存症患者ではないし、わたしはこれを患者でない人間と話し合いたいんだよ。偏りのない、信頼に足る忠告をくれる誰かと。力を貸してもらえるだろう？　数分しかかからないから。そのあとすぐに出ていってかまわない」

「でも――」ジェフはまだためらっていた。医師の顔つきや言葉に皮肉なところがないか探そうとした。見つからなかった。もっというなら、なくて当然だった。ドクター・マーフィーは、本人の意思に反することを納得させようとするのはどうやっても無理だ、不毛だと熟知していたのだから。

「わかりましたよ、先生。おれに何ができるか――」

「説明するよ」医師はいい、先にたって部屋を出ると階段をのぼった。

ふたりは四号室の重いドアのまえに着いた。ドクター・マーフィーが押すと、ドアはぱっとひらいた。ふたりが部屋に入ると――

「なんてこった」医師はうめくようにいった。

12

ハンフリー・ヴァン・トワイン三世はシーツの繭にくるまれたまま、いまもじっと横たわっていた。一方がかすかに持ちあがるように台の天板が傾けてあったため、患者の体も水平から少し傾いていた。台の向こう、ドアからいちばん遠い側に給仕用の小さなカートがあり、ルーファスはハンフリー・ヴァン・トワインに背を向けるかたちでカートに向き合っていた。

ルーファスの左手の人差し指は、ヴァン・トワインにがっちりと嚙みつかれていた。

ドクター・マーフィーはすばやい一瞥で全体を見て取った。どうやらルーファスは、ヴァン・トワインに何かを食べさせている途中に給仕用カートのほうを向いたらしい。それでヴァン・トワインに指をぱくりとやられ、手をうしろに回したまま途方に暮れていたのだった。

大柄な黒人が緊張と恐怖で震えていた。医師はすばやくルーファスのまえに回りこみ、元気づけるように彼の灰色になった顔を覗きこんだ。

「すぐに放させるよ」マーフィーは耳打ちした。「どれくらいひどく嚙まれている？　肉に食いこんでいるかね？」

「そ、それは、な、ないと思います。おれは、た、ただ、こっちに手を伸ばして――」

「もちろんだ。誰にでも起こりえたことだよ、きみはまちがったことはしていない。さて、もう少し我慢していてくれれば――」

医師はジェフのほうをふり向いた。ジェフは蒼白になって大きく眼を見ひらき、まばたきすらしないヴァン・トワインの空虚な眼を見おろしていた。ドクター・マーフィーは一方の手をあげ……またおろした。鼻をつまんでもなんにもならない。口で息ができてしまう。それに、攻撃されると思ったら、ヴァン・トワインは本能による動物的な反射で攻撃者らしき相手の指を食いちぎるだろう。

ドクター・マーフィーはまた手をあげた。そしてその左手をヴァン・トワインの頭に静かに置き、包帯の上からそっと、なだめるように撫ではじめた。「いい子だ」マーフィーはつぶやいた。「いい子だ、いい子だ、とてもいい子だ……ルーファス、できるかぎりこっちに寄るんだ、指は動かさずに……いい子だ、いい子だ……」

医師は手をヴァン・トワインの額のほうに動かし、そこでいったん止め、撫でるようにしてさらに下へゆっくりと滑らせて眼を覆った。「坊やはいい子だ、ねんねしな……ルーファス……いい子だ……ルーファス、この子はいい子だ……いまだ、ルーファス……」

ルーファスは手を引いた。指が抜けて自由になり、ルーファスはまえによろめいて膝をついた。医師はルーファスが立ちあがるのに手を貸し、一方の腕をルーファスの肩に回しながらジェフ・スローンに向かってうなずいてみせた。

「ルーファスはここで大きな知性を示した」ドクター・マーフィーは静かにいった。「自分の問題を分析し、外からの助けが必要だと判断した。当然、助けなしですませたいとも思っただろう。

それでまちがいをおかし、恥ずかしく痛々しい結果に終わった可能性もあった。しかしルーファスはなすべきことをきちんと認識し、それを実行した。もしそうしていなければ——現実と向き合い、助けを待つことを拒んでいたら——指を失っていただろう。わたしたちはここでルーファスの死体を、出血多量の死体を発見するはめになっていたかもしれない」

医師は指を調べ、深く歯型はついているものの、皮膚は切れていないことを確認した。消毒をして湯に浸すようにとアドバイスをして、ルーファスがトレーを載せた給仕用のカートを押してドアを出るのを手伝うと、またジェフのほうを向いた。

「あのルーファスに対しては」医師は愛情のこもった笑みを浮かべながらいった。「平均して一日に二回は怒りを爆発させているがね、ふたり分の人手と交換するといわれても彼を手放す気はないよ。いろんなことを滅茶苦茶にしてくれるが、決して裏切らないからね。持っているものは非常に少ないが、彼はそれをすべて惜しみなくさしだし、自分の内側からこすりとるようにしてもっと出そうとするんだよ。もしきみやわたしが自分の持てるものを——機会とか、知識とか、背景とか——使って彼と同じだけのことをしたら……」医師は肩をすくめると、ジェフをテーブルのそばに引き寄せていった。「これがそれだ。きみに話したかったのは、この人のことだ」

表情のない白い顔。ふたたび大きく見ひらかれ、まばたきもせずに空虚な凝視をつづける眼。ジェフはそこから視線を逸らし、かろうじて聞き取れるくらいの小声で尋ねた。「こ、これは……この人は、だ、誰なんです?」

「きみも聞いたことはあると思うよ。彼が人付き合いをしなくなってからしばらく経つが、聞いたことくらいはあるはずだ。ハンフリー・ヴァン・トワイン三世」

「あいつか！　だが……ああ」ジェフは軽蔑したように唇を歪めていった。「そのクズのことは聞いたことがある」

「ううむ。では、きみはヴァン・トワインがしたことは本人に責任があると思っているんだね？自分で好んでいまのようになったと。ヴァン・トワインもよくいる悪者のひとりだと……七歳児がいうところの悪役みたいなものだと思うんだね？」

「いや、おれが知っているのは――」ジェフは顔を赤らめた。「もしかしたらちがうのかも――」

「ちがうんだよ。ここにいるミスター・ヴァン・トワインは、自分の病気を認めることを拒んだ、ただのアルコール依存症患者だ。おまけに自分を甘やかせる資金も際限なくあった……二日酔いのときに仕事に行かなくていいとしたらどんなにすばらしいだろうと思ったことはないかね？女を呼んで、パーティーをつづけられたらどんなにいいだろうと思ったことは？　周りじゅうに指図して、さっさと動かないようなら当たり散らせばいいだけだったら？　まあ……そんな身分じゃないことを喜ぶべきだね」

ジェフはぐっと唾を呑みこんだ。意志に反して、視線が台の上に引きつけられる。「この人は……イカレてるんですか？」

「いやいや。イカレるにも知性が必要だからね。ヴァン・トワインにはそれがまったくない。大人になってからの記憶もいくらかはあるんだろうが、それを自分のことと思っているかどうか。大雑把にいって、幼児程度の思考力なんだ」

「なぜ」ジェフはうなずいてからいった。「なぜこんなふうにくるんでおくんです？　危険なんですか？」

「いくらかは。赤ん坊というのは噛みついたり叩いてきたりするものだが、この大きさの赤ん坊にそれをされるとかなり痛いからね。しかしおもに本人にとって危険なんだよ。傷になるほど自慰行為をしたり、自分の排泄物を食べてしまったり。そんなようなことが起こるから」

ジェフは首を横に振った。「これからどうするんです？」

「それをきみに訊きたかったんだ。どうしたらいい？」

ドクター・マーフィーは話しはじめた。ハンフリー・ヴァン・トワインにまつわる話と、マーフィー自身の板挟みの現状をおおまかに説明した。マーフィーは静かに、こともなげに話した。おぞましく、ぞっとするような側面を誇張することも、反対に、控えめにいうこともせずに。まるで責任を負うべきは自分ではなくジェフであるかのように話した。

ジェフはときどき唇を湿らせながら聞き入った。額の毛穴から大粒の汗がにじみ出た。

「まあ、そういうことだ」医師は話を終え、ヴァン・トワインの無表情な顔を見おろした。「もしヴァン・トワインがこういうことをいくらかでも理解しているとしたら、奇妙なことだな。もちろん、この患者にはもう長いこと自分自身の行動の決定権がなかった。それでも妙なことに思えるね、自分のことが話し合われ、処遇を決められるのを聞きながら、その問題に口をはさむ声を持たないというのは」

ジェフはもう聞いていないようだった。頑なに、少しばかり不機嫌な様子でいった。「おれはこの人とはちがう。だいたい、百万にひとつの例じゃないか。ここに百万にひとつばかりが集まるわけがない！」

「そのとおり」医師は同意した。「ハンフリーほど長いあいだ飲みつづけられる依存症患者はほとんどいない。たいていは、しっぺ返しを食らって飲めなくなるものだ。脳みそが飛びだすほど頭を蹴られたり、飲酒運転とか、故殺とか、強盗なんかをやって収監されたり。ベッドにいるあいだに焼死したり、餓死したり、どこかのドア口で凍死したりすることもある。あるいは精神病院に入れられたりとか。しかし……きみは誤解しているよ、ジェフ。わたしはきみを怖がらせようとしてしゃべっているわけではない」

「そうでしょうとも」ジェフは力なく笑った。

「ほんとうだよ。依存症患者を怖がらせて酒から遠ざけることなどできないんだ。自分で自分を怖がる気持ちのほうが、ほかのどんな恐怖よりもはるかに大きいから。それが根拠のない、不合理なことだとわかるまではね。そう、患者を怖がらせることはできないし、きみはその患者ですらない。病気のことをいまは気にかけてもいないわけだから、怖がらせようとしたってなんの意味もない……きみをここに連れてきた理由はただひとつ。わたしがどうするべきか、きみの考えを聞くためだ」

「ええと」ジェフはためらった。「ほんとうにほかの方法はないんですか?」

「ない。それに、もう時間もない。ああ、いろいろな物事を整理するために数日の猶予は与えられるが、実質的にはきょうが最終日だ——つづけるのでなければ。夕方までに決めて、資金を調達しなければならない。それができなければ廃業だ」

「それで、この人のためにできることはほんとうに何もないんですね、もし——」

「何ができる? ヴァン・トワインに手術を施した専門家たちだって、まったくあてにならない。倫理的なことは脇へおくとしても、問題はヴァン・トワインに、あるいはわたしの患者たちに——きみが会ったのはわたしの患者のほんの一部だよ——チャンスがあるかどうかだ。率直にいって、わたしが患者の役に立ったようには思えない。アルコール依存症への答えなど、とてもじゃないが出せる気がしない。それはここをはじめたときから変わっていない。だが——」

「どうしてそこまで確信しているんです、先生?」

「なんだって?」医師は苛立たしげにいった。「いま全部説明したばかりじゃないか——」

マーフィーは口をつぐみ、ジェフを見た。ジェフはマーフィーに笑みを返した。困ったような、深刻な、それでいてうれしそうな笑顔だった。

「聞いてください。おれはもう、生きているかぎり二度と酒は飲まないつもりです」

医師はまばたきをし、皮肉っぽく口もとを歪めた。「まあ、当然のことながら、きみが危険を認識したことはうれしいよ。しかし患者がわたしにそういうたびに一ドルずつ貯金していたら――」

「でもほんとうにもう飲みませんよ」ジェフはいった。「アル中だろうがそうじゃなかろうが……まあ、この言葉はあまり好きじゃないんで、自分のことはただ飲めない男、飲むつもりのない男とだけいっておきましょうか」

心臓がドキドキと強く打ちはじめた。ドクター・マーフィーの骨ばった顔に、大きな笑みが広がった。

やっとひとり！　たったひとりだが引き戻すことができた、すべてが無駄ではなかったのだ……しかしひとりにできるなら……

「どうして気が変わったんだね、ジェフ？」

「わかりません。いや、ほんとうはわかっているんだけど、うまく言葉にできません。とりあえず、いまは。たぶん、おれは……先生、きょうの午後におれを追いだすようなことはしませんよね？」

「もちろんだとも、しないよ！」ドクター・マーフィーは約束した。「きみとはもっと話したいことがある」

「まあ、仮に出ていっても大丈夫だとは思いますけどね。ただ、あの人たちと話すチャンスがほしいんですよ、バーニーやジェネラルと。昼食の席でのふるまいについて、二、三釈明しておきたい」

医師はうなずきかけて、途中で止めた。確認しておかなければ。できるだけ物事をはっきりさせておかなければ。

「さて、それはどうかな」医師はいった。「結局のところ、バーニーだってかなり無礼だったよ。あの件にかんしてはみんなひどい態度だった。きみを笑いものにしておいて、それから怒鳴ったり、黙殺したり。なぜきみが釈明するべきだと――?」

ジェフは手放しに笑った。

「おれがそうするべきだってことは、先生にもよくわかっているでしょう。でなければ、この先ずっとカッカしたりくよくよしたり、いやな思いをしつづけなきゃならない。おなじようなことはいままでにもうなんども――」

ドクター・マーフィーはジェフの背中をパンパンと叩いた。

「ジェフ、もしきみにうまくやれなかったら、それは誰にもやれないってことさ! きみがやらなくても、わたしは――」

「うまくやりますよ」

「ああ、そうだろうとも! 信じるよ、心から……さて、行こうか――」

ジェフは躊躇した。「この人はどうします、先生?」

つかのま、医師はぼんやりした表情を浮かべた。「ああ」そしてゆっくりといった。「そうだった……」

「おれと一緒に出ていくつもりだったんですか？　おれがあなたに指図することを、ほんとうに期待してたんですか？」

「どうかな……わからない」ドクター・マーフィーはいった。「しかしきみに頼んだのは……」

「わかりませんよ、先生。おれは……いいたくないんです！　つまり、なんであれ、あなたが――」

「そうだね」医師はいった。「いいたいことはわかるよ」

13

症例報告がいくつかタイプされてデスクに置いてあったが、ドクター・マーフィーが執務室に戻ったとき、ミス・ベイカーはタイプ用の小さな机のまえにまだ座っていた。ピンと姿勢を正して、白い靴を履いた小さな足を床の上できちんと揃え、手は膝の上で重ねていた。知らない家にやってきた恥ずかしがり屋の子供のように見えた。居場所を一カ所に決め、そこから動くのを怖がっているかのように。

医師は席に着き、報告書にざっと眼を通した。いや、通しているふりをした。症例は背景を含めすでに憶えていた。ミス・ベイカーの正確なタイピングにチェックの必要がないこともわかっていた。わからなかったのは、どうやって話をきりだすかだった。

とうとう緊張しながら顔をあげた。堅苦しくない、陽気な口調で話そうと努めるあまり、かえってぶっきらぼうに聞こえる結果になった。「さてと」医師はいった。「そんな隅っこにひとりで座っていてもなんにもならないだろう」

ミス・ベイカーは即座に立ちあがった。そして慇懃な態度で立ったままマーフィーを見つめ、次の指示を待った。

「こっちへ来なさい。きみと話がしたいんだよ、ミス・ベイカー」

「そうでつね、先生。ああ、すみません、そうです――」

「いまはそのことをとやかくいうのはやめよう」医師はそっけなくいった。「そこに座って……あー……くつろいでくれたまえ」

ミス・ベイカーはデスクの脇の椅子に腰をおろしたが、くつろいでいるようには見えなかった。タイプライターに向かっていたときとおなじように、糊がきいているかのようにピンとした姿勢で、手は膝の上で組み、整った小さな顔には礼儀正しく、慎重に、小さな笑みを貼りつけていた。

「さて」医師はいった。「こういう話をするには遅すぎたかもしれないが。ここのところ状況が、その、かなり不安定でね……いまもだ。非常に不安定なんだ。だからもしいくつか問題を片づけるつもりなら……片づけようとするならば……もう取りかかったほうがいい」

「そうでつか……じゃなくて――」

「いってていいよ。いままでずっと癖だったものが数時間で克服できるとは思っていないから。口にのぼったものをそのまま吐きだして、あとは放っておきなさい。いい直そうとしなくていい」

ミス・ベイカーはつぶやくようにいった。「はい、先生」

医師はいった。「誤解しないでほしいんだが……あー……」ミス・ベイカーはいった。「なんでつか、先生?」医師はしかめ面《つら》をして、煙草を探した。火をつけたものがすでに半分ほど灰になっており、マーフィーは小声で悪態をついた。そしてひと口吸うと鉄の灰皿に押しつけ、ばらばらになるまでこすりつけた。

マーフィーの視線は灰皿を離れ、まるで見えない磁石に動かされたかのようにミス・ベイカーの膝で止まった。ちょうど制服のスリットから肌が露出している場所に。小さくピンク色が露出した隙間に寄り道しながら、視線はぼんやりと制服をたどって上に向かった。そしてさらにのぼったところでまた止まり、なかば隠されたふたつの桃、静かに波打つ小山の周辺で一時的にキャンプを張った。それからさらに上へと動き……突然、べつの視線によってぐいと引きあげられた。

その眼の持ち主は膝から両手をあげ、制服の襟もとを直した。その動作のなかにはとりすました非難があった。怖れと非難。しかしそれと一緒に……何かほかのものもあった。無意識の誘いのようなもの。他を嘲るような自信。もう決着ずみよ、あなたもそうでしょう、といっているようだった。それですべて片づくのよ……

「さて、ミス・ベイカー」ドクター・マーフィーはいった。「わたしがいおうとしていたのは……」

「なんでつか、先生?」ミス・ベイカーはゆっくりと脚を組んだ。

ああ、彼女にはわかっているのだ。心底怯えながらも、自分の持っているものは自覚していて、それをこちらに投げかけてくる。わたしが何もできないことを……いままでとおなじように——あの犬殺し野郎に報いを受けさせてやれなかったときとおなじように、あるいはあのウェイターのときとおなじように、例のべつの看護婦のときとおなじように——何もできないことを重々承知のうえで。そう、弱点は知られているというわけだ。自分がわたしを手ひどく侮辱できることも、それに対してわたしにはなすすべがないことも知っている。もっとはるかにつまらないことで医師免許を失うことだってありうるのだから。

「先生？」

「ああ。いおうとしていたのはこういうことだ。時間が足りなくてね。それにどう考えても時間はこれからますます足りなくなりそうだから、単刀直入にいわせてもらうよ。きみについて知りたいことがある。きみの生い立ちについて。友だちについて。きみの……あー……」

「そうでつか。ええと、まえにお知らせしてある情報のほかに、つけ加えることはほとんどないと思いまつけど。わたしには――」

「そういうことじゃないんだよ。きみのプライベートな生活のことをいっているんだ……きみはひとりっ子だったね？　あまり外に出してもらえなかった、そうだね？」

「はい」ミス・ベイカーはうなずいた。「もしかしたら、先生はわたしが……」

「子供のころの付き合いはどんなふうだった？　ふつうに好かれていた？　ホッとできるような感じ、受け入れられている感じはあったかね？」

　ミス・ベイカーはためらった。そしてイエスともノーとも取れるようなしぐさで頭を動かした。

「まあ、わたしの友だちのあいだでは……」

「そうか。それで、その友だちのなかには男の子もいたんだろうね？」

「ええ……女の子とおなじくらい……」

「なるほど」そういって、医師はかすかに顔をしかめた。友だちはまったくいなかったのか？　それは彼女自身の選択だろうか、それとも周りの？　男の友だちを受け入れられなかったから、女も同様に拒むことでその異常を正当化しようとしたのだろうか？　まあ、いい。標的のまんなかを射抜けば、残りも崩れるものだ。「子供のころに、好きな相手はいなかったのかね、ミス・ベイカー？」

「いましぇんでした」

「若い男性とデートしたことは？」

「ないでつ」

「なぜ？」

「え、わたしはただ……好きな人がいなかっただけだと思いまつけど……」

「いや、まあ、そういうことにはあまり厳しくなってはいけないよ。第一印象がそんなによくない人でも、深く知りあってみれば非常に魅力的なこともある。きみが相手を好きになるためのチャンスを、その相手にあげればいいだけのことじゃないかな」

小さな、しかしひどく当惑したような笑みがローズピンクの唇に浮かんだ。看護婦は椅子にかけたままちょっと身じろぎをした。脚は組んだまま、無意識に胸を張り、そこを覆う制服を伸ばして、やっとまたおちついた。

「そうでつね、先生」

「そう」ドクター・マーフィーはつづけた。「きみはふつうの生活を送っていない。なぜならきみは……まあ、一般的に、あまり長いあいだ正常な本能を抑えこんだり無視したりしていると、こじれてしまうんだよ。ずっとこじれたままになってしまうんだ、何か断固とした処置をしないと。きみは若い。いますぐ取り組めば、先々楽になる。だから取り組みたまえ、ミス・ベイカー、時間を無駄にせずに。できるね？」

「ええと……それはどういう意味でつか、先生？」

「男だ。男がどういうものかは知っているね？」ドクター・マーフィーは自分の胸を軽く叩いた。「わたしも男だ、信じられないかもしれんがね……さて、きみならどうする？　さっそく仕事にかかろうじゃないか。できるね？」

「それは……どうしたらいいか……」

「方法や理由は問題じゃない。いつでも対応できるように準備しておくだけだよ。ショウや講演を見に出かけたりとか、そういったことだ……もしきみの身の処し方が正しければ――よそよそしい冷淡なふるまいや、怯えたような態度はよくないね――まあ、あとは自然となるようになる。それがどんなに簡単なことかわかったらきっと驚くよ。いちどだけ試してみないかね、自分の性格に合わないような気がしているとしても？　わたしのためと思って？」

「ええと」ミス・ベイカーはためらいがちにいった。「できると思いまつ」

「結構。その意気だ」

「何時に……いつ行きたいでつか、先生？」

「ああ」ドクター・マーフィーは肩をすくめた。「それはそうと――なんだって？　わたしがいつ行きたいかだって？」

「そうでつ、先生」ミス・ベイカーは遠慮がちにいった。「そうしようっていったじゃないでつか。わたしが先生のためにって……」

「き、きみは」医師は口ごもった。「わかったんじゃないのか、わたしは――」

マーフィーは口をとざし、唇が細く白い線になるほどきつく引き結んだ。

いつだってこうだ、まったく。

「ミス・ベイカー」ドクター・マーフィーはいった。「脚を組むのをやめたまえ！」

「何よ！」ミス・ベイカーはいい、いったんぎゅっと口を結んでからつづけた。「あなたに思い知らせて――」

「わたしがいったことをするんだ、それがきみの次の行動だよ。話が終わるまでそこに座り、さっきのような戯言はもういわない。わかったかね、ミス・ベイカー？」

ルクレチア・ベイカーは怖くて、恥ずかしくて、涙が出そうだった。しかし闘うしかないとなれば、闘うだけだ。「わかってまつ、いまからわたしがしなきゃならないのは――」

「いやいや、わかっていないよ」ドクター・マーフィーは厳しい表情でいった。「わかりかけてすらいない。なぜジェフ・スローンのことで嘘をついた？　なぜ、スローンがアンタビュースを飲んだとわたしに思わせ、彼が薬に反応していると報告した？　スローンが薬を飲んでいないことも、反応が出たわけじゃないこともよくわかっていたのに？」

「そうはいってません、彼が――！」

「そうにおわせたじゃないか。わざとそうしたんだろう、わたしを心配させようとして――わたしを困らせようとして。トラブルならもう充分抱えているというのに、まだ足りないといわんばかりに。なぜそんなことを？　わたしが答えようか。きみがやらかしたことのせいだよ。わたしが知っているのはわかっていたんだろう、きみはそれが表に出るのを怖れた。だからきみはわたしを引っかきまわそうとしたんだよ、これが最後のチャンスだと思って」

「もうたくさん」ミス・ベイカーはいい、立ちあがりかけた。「もう聞きたくない、そんなひどい――」

「わたしがひどいのかね？　では、きみはなんなのか、いわせてもらおうか。きみはいやらしい、姑息なサディストだよ。あの哀れで無力な男の陰嚢をシーツで縛っただろう！　ああ、もちろんきみがやったんだ。ジャドソンが気づくまでにあの哀れな男がどんな思いをしたかなど、考えたくもないね。それに、けさはあそこで何をしていたんだね？　あの男があんな叫び声をあげるとは、さぞかしひどいことをしたんだろう！　まったくね……こんなことはつづけられないよ。長く放置すればするほど、ますます悪化する。遅かれ早かれ、きみは何か取り返しのつかないことを――」

「よ、よくも！　よくも図々しくわたしに説教なんかできまつね！　アル中医者が……この……この、たかり屋が！」

「ちょっと待ちたまえ！」医師は不当な攻撃に憤慨していった。「何をいってるんだね、きみは知っているだろう、わたしが……ここは彼らにとって唯一の療養所――」

「ええ、そうでつよ！　あなたは天使でつよ、天使！」ミス・ベイカーの眼は悪意ある優越感できらめいていた。「じゃあ、あなたがそんなに心配している、そのかわいそうなミスター・ヴァン・トワインはどうなんでつ？　いつからロボトミー手術を受けた患者がここみたいな場所に入るようになったんでつか？　あなたはいつやめる——」

「黙りなさい」ドクター・マーフィーはいった。

「いやでつ！　あなたがいいだしたんでつよ！　こんどはわたしが——」

「——黙るんだよ。いま。すぐに。もし黙らなければね、親愛なるルクレチア」マーフィーは看護婦の膝を軽くゆっくりと叩きながら、一語一語を強調した。「そのサディスティックなかわいい尻を、これから二カ月座れなくなるほど打ちのめしてやる」

ミス・ベイカーは喘ぐようにいった。「こ、このろくで——」

「二カ月だよ、ルクレチア」ドクター・マーフィーはいった。「それも悪くないね。さて、まだ何かいいたいことが？」

どうやらないようだった。ミス・ベイカーは座ったまま唇を引き結び、抑えこんだ怒りで胸を上下させていた。

医師は満足してうなずき、デスクに向かった。そして小切手を切り、看護婦の膝の上に放った。「自分から辞めなかったからクビにする。荷物をまとめて出ていくように。あんまり時間がかかるようなら、手伝いの人をやるよ」

14

執務室のソファの上で伸びをしながら、ドクター・マーフィーは不承不承一方の眼をあけ、腕時計をちらりと見た。二時過ぎ。あと三時間もしないうち、二時間半とちょっとのうちに、ヴァン・トワイン家のかかりつけの医師であるドクター・パースボーグが到着するはずだった。それまでに決意を固めなければ。しかしその決意がどういうものであるべきかについては、いままで同様、確信が持てずにいた。きちんと考える時間がなかったのだ。何もかも、きちんと考える時間がなかった。

医師はため息をついて床に足をおろすと、肘を膝について、暗い気持ちでカーペットを見つめた。ジャドソンのいっていたことは正しかった。住みこみで働かないこと。患者を診たり管理したりすることにある程度の時間を使い、緊急の場合を除いて人付き合いを避けること。大きな問題のために、自分のエネルギーを節約すること。それがジャドソンの考えだった。何もかもをどこまでも追いかけて、無数の事柄のために時間を浪費しないこと。そもそもほんとうに必要なら、誰かほかの人間がやったっていいのだから。

問題は――マーフィー対マーフィーの新しい裁判に突入しながら、医師は結論を出した――わたしが知ったかぶりのくそったれだということだ。自分はすべてを知っていて、他人はなんにも知らないと思っている。いろいろなところに顔を出して仕事に鼻を突っこまずにはいられず、嗅ぎまわったり顔をしかめたり心配したり、叱りつけたり質問をしたりして、スタッフを酔っぱらいとおなじくらい混乱させている。

さて！　ここをつづけるつもりなら、物事を一新しなければ。回診は朝と夕方。食事は決まった時間に出し、それ以外はなし、決まった時間に食べなかった者は——

「しまった！」ドクター・マーフィーは突然そういい、跳ぶように立ちあがるとキッチンへ急いだ。

ジョセフィンはキッチンの作業台のまえに座り、夕食づくりに取りかかるまえにコーヒーを一杯飲んでいた。医師が現れるとジョセフィンの顔は目に見えて不機嫌そうになった。医師への挨拶には、安物雑貨店の指輪を吟味する質屋の主人とおなじくらいの熱意しかこもっていなかった。

「いったいなんの用ですか？」ジョセフィンはいった。「いまこの時間に」

「たいした用じゃない」医師は無理やり笑みを浮かべていった。「ほんとうに、なんでもないことだよ。ちょっとその、ミルクトーストと、スクランブルエッグを——バターで炒めてほんの少しチリペッパーを振ってもらえるとありがたい——ああ、そうだ、温かい紅茶もポットで頼む」

ジョセフィンは唸るようにつぶやいた。「なんてことありませんよ。ほんとに、まったく、なんでもありゃしません。で、誰の食事ですか？」

「ミス・ケンフィールドだ」医師はいい、少しためらってからつづけた。「ところで、それができたらミス・ケンフィールドのところまで持っていってもらえないだろうか？　ルーファスは男の患者で手一杯でね」

「あたしだって手一杯ですよ」ジョセフィンはいった。「どうしてミズ・ベイカーがやらないんですか？」

「ミス・ベイカーは辞めたんだよ。いまは出ていく準備をしている」

「いま？　いま出ていく準備をしてるんですか？」ジョセフィンはやっと興味を示した。「なんでまた？」

「それは気にしなくていい。きみはただ——」

「クビにしたんだね、きっと。どうしてまた？　しかもいま……もう少し待てなかったんですか？」

「待てなかった」ドクター・マーフィーはいった。「これ以上話すつもりはない。さあ、頼むから——頼むから！——ミス・ケンフィールドの昼食をつくって、持っていってくれ」

「どのみち食べやしませんよ」

「お願いだから。いちどでいいから、頼んだことを口ごたえせずにやってもらえないだろうか」

「口ごたえなんかしてませんよ。ただいってるだけじゃないですか、あの人は食べないって。あの人に何かしてあげたいならね、せんせえ、ホット・ウイスキーでもたっぷりあげればいいんですよ。ハハハ！」ジョセフィンはかん高い笑い声をあげた。「それで治っちまいますよ」

ドクター・マーフィーは、なすすべもなく苦い顔をした。「わかった。負けたよ。全部忘れてくれ。頼んだわたしが馬鹿だった。まさかしくじるとは思っていなかったよ、まったく……ああ、神よ、まさかしくじるとは思っていませんでした！　わたしが頼んだのは単純で些細なことなのに――」

「何を罰当たりなことといって騒いでるんだかね？　やるっていったじゃないですか」

「だったらすぐやってくれ！」

「急ぐことありませんよ」ジョセフィンは答えた。「どのみちあの人は食べないんだから」

医師はうしろを向くと、足音も荒くキッチンを出ていった。ジョセフィンは肩を震わせて、いたずらっぽく、声をたてずに笑った。それから真面目になって、物思いにふけるように天井を見あげた。

心の片隅では、ミス・ベイカーがいなくなってくれてほっとしていた。しかしべつの片隅では、その事実を不安に思い、悲しんでいた。誠実な人間が必要な仕事を――それも自分にしかできない仕事を――やり遂げられなかったときに覚えるはずの後悔を、いまのジョセフィンも感じていた。

もちろん、ジョセフィンだってやってはみた。だけどふり返ってみるに、みじめなほど力が足りなかった。どのみち、やってみただけじゃやったことにはならない……ミス・ベイカーは、邪視のことなど何も知らない、おめでたいただの下働きで、どうしても誰かがなんとかしてやらなきゃならなかった。ここを出ていってしまえば、それができる人間は――いや、しようとする人間は――いないだろう。誰も知ることさえないんだから。知る能力がないのだ。だからミス・ベイカーは何も知らないまま邪悪に生きつづけ、その結果どうしても悪とかかわってしまい、苦しむことは避けられない。そしてそれは、やろうと思えばすべて簡単に避けられたことなのだ。まだ避けられるかもしれない、とジョセフィンは結論をくだし、決心を固めた。

テーブルを離れ、重い足取りでフロアを横切って飾り戸棚のまえに行き、道具入れの引出しをあけた。じっくりと中身を探り、剃刀のように鋭いペティナイフと、硬材の小さなポテトマッシャーを選んだ。マッシャーを手に取って重さを量り、ためらって顔をしかめた。しかしそれから肩をすくめると、マッシャーもナイフもいっしょくたにエプロンの大きなポケットに入れた。

一方、ドクター・マーフィーは、おちつかない気分のまま療養所内の巡回を終えようとしていた。ジェネラルの部屋は空《から》っぽで、ジェフ・スローンの部屋も、バーニー・エドモンズの部屋もおなじだった。しかし、とじたドアの向こうのくぐもった話し声から判断するに、全員がホルカム兄弟の二人部屋にいるようだった。ずいぶん楽しそうだった。

ふだんなら、かなり疑わしい状況だった。しかしいまは警戒しなければならない理由は何も思いつかなかった。昼食のときに彼らを怒らせたジェフが謝ったとなれば、アルコール依存症患者特有の誠意でもって迎え入れてもらえるのは自然なことだった。依存症患者たちは、宙ぶらりんのままにはしておかないのだ。彼ら自身、醜体には非常に敏感なため、単にジェフの謝罪を受け入れるだけでは満足しないはずだった。いまあの部屋にいる面々は、まちがいなく自分自身のひどい失敗談を披露していることだろう。それに比べればジェフの不作法などなんでもない、と話しているだろう。

ウイスキーを飲まないかぎりは——そしていまは当然、飲んでいないはずだった——こんなふうにみんなで集まるのは患者たちにとっていいことだった。時間をやり過ごす助けになる——時間は依存症者にとって友好的な敵なのだ。それに、酒から気を逸らすことができる。いずれにせよ、ジェフはもう飲まないだろう。飲んでいるグループのなかには入らないだろう。

ドクター・マーフィーはしかし、完全には思いきれずに気を揉んでいた。そこに、かすかに笑い声が聞こえてきた。それでほっとして笑みを浮かべ、廊下を先に進んだ。あれはルーファスだ。あんなふうに笑う人間はふたりといない。ルーファスとジェフがあのなかにいるなら、何も問題はないだろう。

スーザン・ケンフィールドの部屋のまえで立ち止まり、ドアをノックした。唸るような、品のない声で誰何され、医師はドアを押しあけて部屋に入った。

スーザンはうつぶせに横たわっていた。頭まで上掛けに覆われ、顔は枕に埋まっている。ドクター・マーフィーがベッドの端に腰かけるとスーザンはうめき、ゆっくりと寝返りを打って、手を支えに上体を起こした。

「死にかけてるの」スーザンはいった。「罠にかかった哀れな動物みたいに死にかけてる。助けてくれる手のひとつもなく。苦しみぬいて。ひとりで。痛みに苛まれて。干からびて」

「ううむ」医師はいった。「じゃあ、水でも持ってくるよ」

「水！　水なんかどうしろっていうの？」スーザンは逆上して体を震わせた。「荒野で泣き叫ぶ声。わたしはパンを求め、彼は石を与える」

「パンといえば、ジョセフィンにランチを頼んである。鶏の生レバーのストロベリーソースがけだ」

スーザンは喘いだ。手を口に当てて前屈みになり、体をひくひくと引きつらせる。

「おとなしくしたほうがいい」医師はいった。「すぐに気持ちを入れかえて、赤ん坊みたいな真似はやめるんだ。ジョセフィンはもっといいものを……きみが食べられそうなものを持ってきてくれるよ。それを待つあいだに、いくつか訊きたいことがある」

「出ていってちょうだい、マーフ」スーザンは唸るようにいった。「あっちへ行って、わたしを安らかに死なせて」

「いい加減にしてくれ、スージー」マーフィーは一蹴した。「酒を断つとなると毎回、死ぬ死ぬっていうんだから。さあ――」

「でも、マーフ！　こんなふうに感じるのは初めてなのよ！　何かがわたしを締めあげてくるみたい……下のほうから。どういったらいいかよくわからないんだけど――」

「そうだね」ドクター・マーフィーはうなずいていった。「二日酔いに加えて、妊娠しているわけだから。きみはまさしく妊娠しているんだよ、スージー、だからさっさと素面に戻ってここを出るんだ。わたしは産科医ではない。インターンのとき以来、子供を取りあげたことなどないし、あのときだってほとんど助産婦がやったんだ」

スーザンは弱々しく笑った。「わたしを怖がらせようとしているのね、マーフ。こっちを見て。

ほら、そんなに妊娠しているようには見えないでしょう！」

「さてね」ためらいながらも、マーフィーの視線は丸みをおびた腹部から、なまめかしく豊かな胸へと移動した。ふだんと変わらないように見えた。前回、三カ月か四ヵ月前に療養所にやってきたときとなんらちがいがなかった。まあ、少しは太ったかもしれない——体重は増えたのかもしれない——が、三週間もどんちゃん騒ぎをして、カロリーの高い酒をがぶ飲みすれば……

「意地悪ね」スーザン・ケンフィールドはいい放った。「あなたは堕ろしてくれないのね、それに——」

「まったくもってそのとおり」

「それに、わたしを怖がらせて、ほかの医者に堕ろしてもらうのもやめさせようとしてる。わたしがやめるなんて思わないでね！　みんながみんな、あなたほど意地悪でいやなやつってわけじゃないんだから」

「だったらなぜ、そのほかの医者とやらをまだ見つけていないんだ？」

「わたし……関係ないでしょ。理由はまえにいったじゃない、マーフ、ダーリン。あなた以外の医者なんて信じられないからよ」

「なぜだね、スージー？」

「マーフったら、うんざりさせてくれるわね。そろそろやさしいお医者さんになって一杯飲ませてよ、ね？」

「なぜ？」ドクター・マーフィーはくり返した。

スーザンはおずおずとマーフィーから眼を逸らした。それからすぐに、どうでもいいというように肩をすくめた。「それは」視線を逸らしたまま、スーザンはいった。「まだ探していないだけ、それだけのことよ」

「べつの医者のところにも行ったんだろう、スージー？　それで断られた」

「そ、それは……」スーザンはまた肩をすくめた。「馬鹿な男だったのよ、マーフ。その医者ったらわたしに――」

「その医者がきみにいったことならだいたい想像がつく。いつ行った？　いや、ちょっと待て。そもそもこの件にかんして最初に医者にかかったのはいつだね？　どれくらいまえだった？」

「つい……ええと、今回飲みはじめる直前よ」

「それは最後にかかった医者だろう。わたしが訊いているのは最初の医者だ。ああ、ひとりだけとはいわせないよ。町じゅうのすべての堕胎医にかかったんだろうさ！」

「どうしてそんな！」スーザンは純粋に驚きの色をたたえた眼を見ひらいた。「一体全体どうしてわたしが――？」

「一体全体どうしてもっとまえに気づかなかったのか、それがわからないよ」医師はぴしりといい返した。「きみがわたしのところに来たのは、同業の連中がどうしてもその仕事をしようとしなかったからだ。怖がってね。いいかい、スージー、教えてくれ。きみのその馬鹿げた命を大事に思うなら、ちゃんと答えたほうがいい。最初に堕胎しようとしたのはいつ……何カ月前だった?」

「それは……ええと……だいたい——」女優は震えながら唇を噛んだ。「怒らないで聞いてくれる、ダーリン? みんな大馬鹿なのよ、マーフ! だって、誰もわたしが——」

「スージー!」

「わたし……四カ月くらいまえ……」

「四カ月!」ドクター・マーフィーは比喩でなく吠えた。「四カ月前ですら遅すぎてできなかったものを、きみは……まだ……まだ——!」

充分な報酬をさしだされれば、どんな堕胎医でも妊娠三カ月までは施術を引き受けただろう。なかには母体の命を危険にさらして四カ月でも実施する無謀な医者も何人かはいたかもしれない。しかし四カ月を超える妊婦を堕胎させようとするほど金に飢えた医者はいない。だからスージーはすでに妊娠四カ月を過ぎていたのだ——四カ月前に!

「スージー」マーフィーはぐったりしていった。「きみを殺さずにいるのはひと苦労だよ」

「でも、マーフ! どうしてわたしが——?」

「腹部の目立たない妊婦はきみだけじゃない。数年前、海沿いの町のひとつに、ある女子学生がいた。いちども授業を休むことなく、親に気づかれることすらなく子供をふたり産んでね。で、殺して空き地に埋めた」

スーザンはかすかに震えた。ドクター・マーフィーは蔑むように一瞥した。

「きみはそんなことはしない、そうだろう？　そんなことをするには善良すぎる――どこまでも！　まあ、どうだっていいがね。勝手にしたまえ。昼食がすんだら、ここから出ていってくれ。本気でいっているんだよ。きょうの午後のうちにだ」

「マーフ」スーザンは泣き声でいった。「ど、どうしたらいいの、わたし？　もうおしまいよ！　薄汚いゴシップ屋どもに見つかったら、業界から追いだされて――」

「追いだすつもりなら、もうとっくに追いだしているさ。この赤ん坊はまさにきみが仕事をつづけるための鍵になるかもしれないよ。自分のことばかり考えていられなくなるから、飲むことのほかに生きる理由ができるかもしれない」

「き、気分が悪いの、マーフ。ひどく気持ち悪くて」

「そうだね。これからもっと――」

医師は口をつぐんで立ちあがった。昔から変わらない、避けられない罪悪感に打たれていた。スーザンはアルコール依存症患者だ。助けを求めてわたしのところにやってきた。それで、何を手に入れた？　何も。依存症患者の治療を専門とする医者から、まったく何も得られなかった。なぜなら、その医者が無知なでき損ないだったから。

「すまん、スージー」マーフィーは勢いこんでいった。「ここにしっかり座っていてくれ、いま廊下の先まで行って鞄を取ってくるから。何か気分がましになるものをあげよう」

「わ、わたし……飲んでいいの、ダ、ダーリン？」

「いまじゃない」

「い、いつ?」

マーフィーは首を横に振った。「それが問題だといっているだろう。医師のいいつけを守るんだ」

「でも」スーザンは涙の跡のついた顔をあげた。驚き、傷ついた表情を浮かべて。「でも、マーフ。あなたはわたしの――」

「もうそうじゃない、スージー。きょうきみがここを出ていったら、もう会うこともないだろう」

顔をそむけて部屋を出ると、相手の異議を封じるようにドアをとじる。廊下を少し先まで行き、診察室の鍵をあけると、すり切れた革の医療鞄をひらいた。うわの空で中を覗き、スージーに何を飲ませるのがいちばんいいか考える。考えて……

考える。

ジョセフィンの引きずるような重い足音が廊下から聞こえてきた。足音がやみ、木に押しつけて支えられたトレーのこすれる音が、次いでドアノブの回る音がした。それから――

あとから思いだすと、悪夢のようだった。おどろおどろしい、悪い夢だった。何年もつづくようでいて、数秒に凝縮されるような。恐怖はすばやく襲い、それでいて永遠につづく。

最初は、くぐもった叫びだった。次に、もう少しはっきりとした声が聞こえた。三番めに聞こえてきた悲鳴はまったくくぐもってなどいなかった――完全に抑制のはずれた、最大級にヒステリックな金切り声。ぶざまで調子はずれな、この世のものならぬ音階が奏でられる。恐ろしいクレッシエンドで徐々に大きく、高くなっていく。音はつかのま止まり、また聞こえてきたときには音階を下へとたどった。そこにほかの短調の音が混じり、地獄のような不協和音を奏でた。

皿と銀器が激しくぶつかり合う音。

トレーがたてる、金属的な反響音。

そして悲鳴は――ときに悪態が、ときに祈りが、ときに助けを求める半狂乱の泣き声が混じった悲鳴は――スーザン・ケンフィールドのものだった。

来たか、と医師は思った。来ちまった。しかし何が起こったかわかっても、その後の想像がついても、まだ悪夢のなかにいるようで、現実的な衝撃が欠けていた。黒い世界の黒い日常だった。それは起こってしまった。起こらざるをえなかった。逃れるすべはなかったのだ。どうすることもできなかった。

自分の手が震えているのが眼に入った。それもどうでもいいように思えた。なぜなら、できることは何もなかったし、何かするつもりもなかったから。革の鞄をとじ、ひとつひとつスナップを留めた。端の折れる診察台を見る。端もあげて、平らに伸ばしたほうが賢明で正しいように思われた。すべてをうまく運ぶには――うまくいくならの話だが。

もちろん、診察台を平らにしたりはしなかった。習慣の力は強いものだ。しかしその力も、悪夢が伸ばしてくる死んだように無気力な手を完全に振りはらえるほど強くはなかった。悪夢の手はマーフィーの腕を握り、腕の動きを遅くさせた。足をつかみ、引っぱった。本能的に、マーフィーはそれを振りはらおうと闘った——本能としかいいようがなかった、そうすべき理由などなかったのだから。闘うことで怒りが生まれ、その怒りが役に立った。

診察室を出て廊下を戻る。スーザン・ケンフィールドの部屋のドアをあけ、なかに入った。ジョセフィンがベッドの上に身を屈めていた。大柄なジョセフィンのせいでスージーの姿はほとんど隠れており、マーフィーに見えたのは、大きくひらかれ、痙攣を起こしたようにぴくぴく動くふたつの足だけだった。マーフィーはジョセフィンに話しかけ、肩に手を置いた。その手は煩わしげに振りはらわれた。

何事もなかったかのように、医師はベッドの反対側に回った。

スーザンの眼はまんまるく見ひらかれていた。だが、トランス状態のような、眠そうな眼だった。大きくあいた口から、深い喘ぎと、喉に引っかかるいびきのような音がした。

両手はうしろに投げだされ、ベッドの横木をきつくつかんでいた。

ドクター・マーフィーは、持ちあがって波打つ上半身を見るともなしに見た。ゆっくりと、確実に拡張していく会陰を見た。赤い筋の混じった黄色い羊水がもれでている。ここまでくれば、もう長くはかからないはずだった。

「さあ」ジョセフィンはマーフィーを睨みつけていった。「そこにただ突っ立ってるつもり？この人の下にもっと敷布を入れて！」

「それは……ベッドはどうなってもかまわない」医師はいった。「スージーの邪魔になるようなことはできないよ」

ジョセフィンは唸った。やがてその唸りは小さくなり、スーザンの額に手を置くころにはやさしく、なだめるような声になっていた。

「もう心配しなくて大丈夫だよ、ハニー。何もかもうまくいく。ジョセフィンばあさんが面倒を見るからね、このあたしはあんたが思うよりずっとたくさんの赤ん坊を取りあげてきたんだ。あたしはね……せんせえ、あんたはほんとになんにもできないのかい?」

ジョセフィンの声に表れた苛立ちが、針のように突き刺さった。

マーフィーは短くうなずくと、バスルームへ急いだ。シンクとバスタブに栓をして湯を出し、鞄から金属製の白いトレーを引っぱりだすと、そこにフラスコのアルコールをあけた。

ハサミ、メス、鉗子、ペンチ——いや、ペンチはいらない。ペンチは使ったことがない。ハサミとメスと鉗子をトレーのなかに落とし、ポケットをあさって二十五セント硬貨を引っぱりだすと、それも一緒に放りこんだ。

手を洗い、振って乾かし、蛇口を肘でしめて水を止めた。

トレーを寝室に運ぶと、ジョセフィンが、それでよし、というような唸り声を発した。

「さてと」マーフィーはぶっきらぼうにいった。「あとはわたしがやろう」

「そんなことというのはだあれ?」とはいったものの、ジョセフィンはクスクス笑っていた。「あたしの口癖なんですよ、せんせえ。うちの家族みんなの口癖なんです。交代するよりも、あたしがやったほうがいいと思いますけど」

医師は居心地悪そうにためらいを見せた。ジョセフィンはまた笑った。「心配しなさんな。手はよおく洗ったし、ほかに何をしたらいいかもちゃあんとわかってる。せんせえにはバスルームからタオルを持ってきてもらえれば……いま。すぐに持ってきて！」

スーザン・ケンフィールドの体が突然ねじれながらベッドから持ちあがった。いびきのような音は低くうめくような悲鳴に変わった。羊水が、ピンク色の波となって勢いよく流れでた。ドクター・マーフィーはバスルームに入ってまたすぐに出てきた。決まったコースを行ったり来たりしているだけのようにも思えた。マーフィーは持ちあがった腿の下に手を伸ばし、羊水をぬぐい、外陰部から粘液を拭きとった。

ジョセフィンは笑って、ユーモラスで穏やかな口調でたしなめた。「まあた手が汚れちまったね、せんせえ？　あたしが赤ん坊を取りあげたほうがよくありませんかね？」

「いや……その……」

「だあいじょうぶですよ」ジョセフィンはいたわるような笑みを浮かべていった。「むずかしいことなんか、まったくなんにもありゃしませんよ。母親がこんなふうなら、ウナギみたいにつるっと出てきますよ。なんかしたいなら、タオルをゆすいできてくださいな。また要りますからね」

はっきりしないが、異議を唱えたような気がする、とドクター・マーフィーはあとになって思った。確か、ルーファスを呼びたいと思ったはずだった。心のなかで悪態をつきながら、ルーファスはどこだ、と思ったのだ。ミス・ベイカーを呼びたかったたし、べつの医者を呼びたかったし、救急車を呼びたかった。少なくとも、あとから思いだしたのはそういうことだった。しかし異議を唱えようが唱えまいが、間《ま》をおかずにジョセフィンの提案に従ったことは確かだった。

マーフィーはバスタブでタオルをすすぎ、いちど栓を抜いてからまた湯をためた。それから急いで寝室に戻った。

スーザンのうめきにはいまや一定のリズムができていた。波打つ体とタイミングの合ったリズム。拡張してひらいた会陰は、直径十センチほどの円になっていた。湿った丸い物体が、ピンク色の縁取りのついたその円を通ってゆっくり出てこようとしていた。

「そういったでしょ?」ジョセフィンは息をついた。「ウナギみたいにつるっと出てくるって」

スーザンは最大の力をこめていきんだ。叫び、すすり泣くような声を出し、それから静かになった。ジョセフィンは慣れた手つきで赤ん坊を受けとって持ちあげ、溢れでる後産をよけた。

ジョセフィンは仕事で荒れた大きな手のひらに赤ん坊を乗せ、空いたほうの手の指で口と鼻からすばやく粘液を取り除いた。それからまた赤ん坊を動かし、うつぶせにして持つと、赤くてしわくちゃの尻を慣れた手つきでぴしゃりと叩いた。やはり赤くてしわくちゃの顔に、さらにしわが寄り、小さな口がひらいて、子猫の鳴き声のような産声があがった。

「ほうら、このちっちゃな紳士はなかなかダンディじゃないの」ジョセフィンはいった。「あとひとつだけ、やることが……」

ドクター・マーフィーはへその緒を切り、消毒したコインを子供のへそに当ててテープで留めた。それが必要かどうかはよくわからなかった。出べそになりそうな様子はなかったから。しかし当てておいても害はないし、何かしらの手当ては必要だった。お産にかんしては、マーフィーはほんとうに経験がなかった。しかし産後の疲労でぐっすり眠りこんだスーザンには、とくに必要なものはなさそうだった。

「じつはね」医師は震えながら白状した。「こんなふうに認めるのはとんでもないことだが、わたしが憶えていたのはこれだけなんだよ。へそにコインを当てることだけ」

「もちろん」ジョセフィンは真面目にうなずいた。「やって悪いことじゃない。うちの母親もいつもやってましたよ、コインがあるときは」

「さて」医師は袖口で顔を拭いた。「産科医を……いや、小児科の看護婦をできるだけ早く呼ばなくては。こんなにたいへんなことをさせて悪かったね、しかしもしできれば――」

「誰にもなんにもさせられてやしませんよ」ジョセフィンはいった。「自分でやっただけ。せんせえは早くここからずらかって、少し横になったほうがよさそうだ……そんな顔色じゃあね。あとは全部あたしがやっておきますよ」

赤ん坊がまた泣き声をあげ、ジョセフィンの手のなかでぐいと動いた。ジョセフィンは赤ん坊をそっと揺すり、医師に向かってうなずいてみせた。「この子の面倒はあたしが見ます。母親の世話もする。せんせえは自分の面倒を見たらいい。それで全部うまくいきますよ」

15

診察台の端からおろした長い脚をぶらぶらさせながら、ドクター・マーフィーはもう千回になろうかというほど身じろぎをしていた。一時間たらずそうやって過ごし、とうとう休むことそのものをあきらめた。疲れてなどいなかった――だいたい、なぜわたしが疲れるんだ？　考えることがあまりにもたくさんあった。

ジョセフィン……スージーの出産が間近であることを、ジョセフィンはずっと知っていたにちがいない。だから、スージーの陣痛がきたときにすばやく行動したのだろう。何をするべきか、きちんと心得ていた。おそらく――いや、おそらくどころじゃなく絶対に――わたしが現れなくとも、すべてひとりでなんとかしただろう。騒ぐことも動揺することもなく、上手に。正常な出産であることも、スージーと赤ん坊になんの問題もないことも知っていた。わたしが知っておくべきなのに知らなかったことを、ジョセフィンはすべて知っていた。

医師は歪んだ笑みを浮かべ、診察室の白い壁をくねくねとのぼっていく煙草の煙を眺めた。無学で迷信深いジョセフィンが、一流の開業医よりも実践的な産科の知識を持っている。黒人が技術を伸ばそうとすればひどく罰せられる社会で、無知なまま育ったジョセフィンが。

ジョセフィンが病院の産婦人科をとりしきるようなことは決してないだろう。看護婦として働くことすら認められないだろう。非常に残念なことだ。悲劇だ。しかしまあ、神もご存知のとおり、人生は悲劇で溢れている。

ジェネラルには、飲むことと、出版できない本を書くことしか生きがいがない。

スーザン・ケンフィールドは、すばらしい才能を徐々に酒に沈めつつある。

ホルカム兄弟は、何不自由ない身分だというのに、何ひとつ手に入れていない。

ハンフリー・ヴァン・トワインも、バーニー・エドモンズも、ルクレチア・ベイカーも……みんな悲劇だ。彼らみんな。いうまでもなく、変えられない物事に屈するだけの知恵もないマーフィーとかいう頑固な医者は、そのなかでも最大の悲劇だった。

事実は眼のまえにある、そうじゃないか? ヴァン・トワインを犠牲にするなら、わたしがいまの自分になるために必要だった誠実さも犠牲にすることになる。いちどに悪人と善人の両方でいることはできない。ヤブ医者であるか——あるいはそうでないかだ。譲れない基準があるか——あるいはないかだ。その両方でいることはできない。ある男を白痴に近い状態に追いこむことをよしとするなら、それはつまり、アルコール依存症と闘うだけの気概もないということだ。

人の心のなかには、変わってしまうものもある。どう理屈をつけようと、自分の行動をどう正当化しようと、持っていなければならないはずのものを失ってしまうこともある。

それが事実だった。それが現実で、議論の余地はなかった。マーフィーは、不可能なことをやりとげなければならなかった。この診療所をつづけるつもりなら。

医師は滑るように診察台を離れてシンクに向かい、冷水で顔を洗いはじめた。事実はどれも重々承知していたのに、馬鹿げたことに、唯一可能な決断をどうしてもくだすことができなかった。けさもできなかったし、ジェフ・スローンのことで成功を収めたいまも——成功したように見えているだけかもしれない、ことアルコール依存症患者にかんするかぎり、確かなことなど何もないのだから——さらに決断から遠いところにいた。ジェフがあんなふうに改心しなければ……いや、くそ、そんなことをほんとうに願っているわけじゃない。しかしそうであったなら物事ははるかに単純だっただろうに。

奇妙なことだった。闘う必要も望みを持つ必要もないときほど、ますます懸命に闘い、望みをかけてしまうというのは。

ジョセフィンが近づいてくる足音が聞こえたので、マーフィーはドアからさがって顔を拭いた。ジョセフィンは軽くドアを叩き、マーフィーはどうぞと声をかけた。

「やあ、先生」マーフィーは笑みを浮かべていった。「われわれの患者たちはどうだい?」

「いい調子ですよ」ジョセフィンはにっこり笑っていった。「ミズ・ケンフィールドは眼を覚ましてあのへんちくりんなちっちゃい子供をひと目見たあと、すぐに自分のベッドに連れていきました。看護婦にはふたりを引き離すことなんてできやしません」

「それは……どうなのかね」医師は顔をしかめた。「スージーは休むべきだし、赤ん坊は——」

「赤ん坊はママのそばにいるべきですよ」ジョセフィンはいった。「で、あの子はまさにそこにいる。ミズ・ケンフィールドのことはちっとも心配いりません。あれは強い女ですよ。せんせえやあたしがくたばったあともずっとピンピンしてるでしょうよ」

「しかしそれは聞いたこともない――」

「聞いたことないのはだあれ？　あたしがどこで生まれたかわかりますか、せんせえ？　綿花畑ですよ。産後、母親はすぐに綿摘みに戻った。その日は百キロ以上の綿花を摘んで、そのあとあたしをうちに連れて帰ると、家族のために晩ごはんをつくった」

「それはちょっとちがうんじゃないだろうか。きみのお母さんは重労働に慣れていたから――」

「ミズ・ケンフィールドの半分も慣れちゃいませんでしたよ。そう、うちの母親はあの人ほど我慢できないでしょうよ。ミズ・ケンフィールドが相手じゃあね、せんせえ、大砲を撃ったってかすり傷ひとつつけられやしません」

医師は仕方なしに笑った。スージーの出産直後の行動は、危険なほど異常なものに思われた。

「せんせえに会いたがってましたよ」

「そうかね」ドクター・マーフィーはいった。「大丈夫だっていってたじゃないか。何をほしがっているんだ……飲み物かね？」

「何もほしがっちゃいませんでしたよ。ただせんせえに会いたいって。もうなんの関係もないっていわれたけど、それがいやなんだっていってます」

医師はまばたきをして、ゆっくりといった。「それは……わたしがいいたかったのは、ただ……」マーフィーはそこで口をつぐんだ。ジェフが酒をやめると約束したときとおなじように気持ちが昂っていた。スージーにとっては、いまが言い訳のきく絶好の機会だ——飲むにしろ、やめるにしろ。どちらを選ぶかは、スージーが自分の試練だけに重きを置くか、その試練の末に授かった子供のほうに重きを置くかで変わる。もし立ち直るつもりなら、いましかない。そして、酒をほしがらなかったということは——

しかしスージーがジョセフィンにウイスキーを頼まなかったのは当然だ。ジョセフィンはわたしに尋ねなければならず、わたしがなんの議論もせずにその要求を却下できることは、スージーにもわかっている。だからちょっと芝居を打った。わたしにどう思われているか気にしているふりをした。そしてわたしがドアから頭を突っこんだ瞬間に、芝居の第二幕がはじまるのだ。

スージーほど依存症が進行した患者は、もう変わらないだろう。依存症であると同時にイカレてもいる場合にはなおさらだ。わたしにできるのは、午後の早いうちにやると宣言したことを実行するくらいだ。可能なかぎり迅速にスージーをここから追いだし、二度と近づかないように見張ることだ。

「飲み物を届けさせるよ」マーフィーはいった。「あとで部屋にも寄ってみる。ほかは大丈夫かね？　ルーファスは片づけを手伝ったんだろうか？」

「全部片づきましたよ」ジョセフィンはいった。「大丈夫ですとも」

「ルーファスは看護婦の面倒も見てくれたのかな？　必要なものが揃うように確認してもらいたいんだが」

「看護婦の世話も全部大丈夫です」ジョセフィンは早口で答えた。ドクター・マーフィーはジョセフィンの答えが短い理由を誤解した。

「ジョセフィン、きみがしてくれたことには、ほんとうに感謝の言葉もないよ。できれば……何かお返しができればいいんだが、いまのこの状況では――」

「いえいえ」ジョセフィンはまごついた様子でいった。「そんなふうに思うことはありませんよ。それからね、せんせえ……」

「なんだね?」

「お金のことだけど……せんせえは、いつだってあたしにいくらか借りがある。それであたしはちょっと気を強くもっていられる。あたしのヒステリーはあんまりウケがよくないからね。みんなはあたしを手もとに置いて、何かくれようとする。あたしは借りをつくりっぱなし。でも……あたしとせんせえはおあいこでしょう? せんせえはあたしに借りがあって、あたしもせんせえに借りがある」

ドクター・マーフィーはにやりと笑った。「感謝しているよ、ジョセフィン。さて、看護婦のことだがね。きみにミス・ケンフィールドと赤ん坊の世話が完璧にできることはわかっているんだが、やることはほかにもたくさんあるだろうから――」

「さっさと取りかかったほうがいい。コーヒーか何かあげましょうか、せんせえ? 部屋に行ったらどうです? あたしがトレーを持っていきますよ」

「それは」医師はジョセフィンを見た。「それはとてもありがたいがね、ジョセフィン、しかし……」

ジョセフィンはドアをあけるとマーフィーに向かってうなずき、小さく手で追いはらうようなしぐさをした。ドクター・マーフィーはまだそこから動かなかった。

「ジョセフィン、ルーファスはどこにいる?」

「ルーファス? どっかそのへんじゃないですか。さて、一緒に行かないんですか……それで……ええと」そういいながらジョセフィンはドアを抜けた。「仕事にかからないと」

「ルーファスはどこだ、ジョセフィン? 何が起こっている?」

「はいはい」ジョセフィンはいった。「ほんとにもう仕事にかからなくちゃ。もうこんな時間だなんて気がつきませんでしたよ……」

ジョセフィンの背後でドアがしまった。

ドクター・マーフィーはなかなか次の一歩を踏みだせずにいた。切望のこもった、疲れた一瞥を診察台に投げた。かまわないじゃないか? 何をしているかわかっていながら、詳細はあえて知ろうとせず、腐った連中には好きにさせておけばいいじゃないか? 眼が離れた時間は二時間近くあった。それだけのところからはじめるとなると、回復には何日もかかるだろう――そんな時間はもうないわけだが。

ああ、もちろん、何があったかはわかっている。もともと、アルコール依存症の療養所は火薬庫と似たようなもので、重大な危険はひとつしかない。ルーファスはまだ彼らと一緒にいる——全員があのひとつの部屋に一緒にいる。そしてこの午後の騒ぎに気づかないほど、自分たちのことだけにかまけている。

そうなれば、答えはひとつしかありえない。けれども、好奇心がドクター・マーフィーの徒労感に穴をあけはじめた。好奇心と希望が。どこで酒を手に入れたのだろう？ それに、ルーファスとジェフだ。ふたりはどうして——？

答えは——少なくとも答えの一部は——すぐに思いついた。ホルカム兄弟は供給を断たれているはずだ。誰も訪ねてきていないし、もちろんふたりは療養所の外に出ていない。だから酒の出どころは療養所のなかだ。わたしを除けば、酒の戸棚の鍵を持っている人間はひとりしかいない。ベイカー看護婦だ。

医師は険悪な形相で悪態をついた。いまいましいクソ女め——ジェフもジェフだ！ 〝成功例〟だったはずのジェフ・スローン、もう酒を飲まないはずだった男。それに、ルーファスだ。もっと分別があっていいはずなのに。これは大きなまちがいだと、わかっているだろうに。

ほかの面々には期待できないが、ジェフだけは……どうしてこんなことをした？ 眼のまえにさしだされた最初の酒に飛びつくなんて。

「飛びつきはしなかったさ」医師はそうつぶやいたが、飛びついた可能性はあったし、きっとそうしたであろうことはよくわかっていた。「くそっ、飲んだなんてありえない！」

マーフィーは診察室を出て、すばやく静かに廊下を進んだ。

ホルカム兄弟の部屋のまえに着くと、足を止めることなくなかに入った。そこにいることに患者たちが気づくまで、医師はつかのまドアのすぐ内側に佇んだ。

「それはぜひに」ジェネラルがいっていた。「ジェフ、われらがよき友であるルーファスに飲み物をつくってくれ。ルーファスにもぜひ加わってもらいたい」

「もちろん」ジェフは食器棚のところでせわしく飲み物を混ぜていた。「ルーファスのことはおれに任せてくれ」

「いや、やめておきます」ルーファスはおちつかなげに小さく笑った。「おれはイカレてるわけじゃなくて、ただ黒人なだけですから」

ジェフは面白がるような笑みを浮かべ、あたりを見まわした。ドクター・マーフィーと眼が合った。「おや」ジェフはいった。「誰が来たかと思えば。しばらくぶりですね、先生?」

医師は黙ってジェフを見た。ジェネラルの朗らかな挨拶も、ホルカム兄弟の歓迎の会釈も無視して、口を引き結んだまま室内を眺めまわした。バーニー・エドモンズが身振りで椅子を示した。

「ちょうどいいところに来たね、マーフ。ジェフ、先生にも飲み物をどうだろう?」

「それに、ルーファスにも」ジェネラルがいった。「特別な日だからね。ルーファスがいなくちゃ」

「ところで、先生」ジョン・ホルカムがいった。「さっきの騒ぎはなんだったんだい? スージーがとうとう錯乱したとか?」

「赤ん坊の泣き声が聞こえたような気がする」ジェラルド・ホルカムはいい、居心地悪そうに笑いながらつづけた。「ああ、もしかしたらちゃんとした検査を受けたほうがいいのかな」

ドクター・マーフィーはひとりひとり顔を見ながら品定めをし、怖ろしいほど何かが欠けていることに気がついた。落とした視線の先にあった自分の靴のすり切れた爪先が、ワックスのかかった寄木細工の床と馬鹿馬鹿しいくらい対照的だった。何をしても大丈夫と彼らがたかを括るのも不思議はなかった。ミス・ベイカーがたかを括るのも当然だった。わたしは全員に住む城を与えていたのだ、と医師は思った。そして全員を王様のように扱った——いや、それ以上だ、友人のように扱った。彼らのために、わたしは物乞いになったわけだ。だから彼らがわたしを物乞いのように扱ったからといって、責めることなどできはしない。

ジェフは咳払いをしていった。「先生。おれは……先生がこれを持たせたわけじゃないってことかな?　そういうことですか?」

医師は肩をすくめた。頭の奥で、ぼんやりとした考えがかたちを取りはじめた。思考の糸が数本絡まりあった。**どういうことだ?　なぜジェフは、後退してしまったことについてなんの弁明もしないんだ?　こんなに長い時間飲んでいて、みんな顔に出ていないのはどうしてだ?**……だが、すべてどうでもよかった。壁のほうのベッドの下に、空き壜が二本見えた。そしてジェフはいっぱいに入った一リットルの壜から飲み物を注いでいる。重要なのはそれだけだった。

「どうなんです、先生?」ジェフは顔をしかめて問いただした。「そんなところに黙って立っていないでくださいよ。酒はおれたちが自分から頼んだわけじゃないんだから」

「だが断ることはできなかった。そういうことかね?」初めて医師が口をひらいた。「断れなかった、そうだね?」

「それはフェアとはいえないよ、マーフ」バーニーが抗議した。「ミス・ベイカーが勝手にやったことだったなら、ぼくたち全員で謝るさ、だけど依存症患者のグループをそんなふうに責めるなんて——」

「謝る、か」医師はいった。「きみたちはいつも謝る。そして責められることはない。決して。きみたちはここに座って午前中ずっとがぶがぶ飲んで——きみとジェラルドとジョンだよ、で、ジェフはジェフできみたちとはべつにもっと多くの量をたいらげた。ジェネラルが酔っていないのは、ただ単にベッドから出られなかったからだ。起きていれば一秒たりとも無駄にせず飛びついたはずだね。きみたちは誰ひとりとして絶対にチャンスを逃さないし、チャンスがなければ自分でつくる。そうしておいてから謝って、責められることがない。まあ、いいだろう。きみたちがどうしようと、わたしにとっては心底どうでもいい」

マーフィーは鍵束を取りだし、鍵をひとつ外してルーファスに放った。「酒の戸棚の鍵だ。ミス・ケンフィールドにどれくらい飲みたいか訊いて、ほしがるだけやってくれ。それからここにいる友人たちのためにもいくらか持って戻ってきてくれ。ほしがるだけ持ってくればいい」

ルーファスは頭を掻いた。顔には困りきった、不安そうな笑みが浮かび、白い歯が光っていた。

「せんせえはおれが思ってるとおりのことをほんとうにいったのかな」

「そうだ。やってくれるね？　数分くらい、ここを離れられるだろう？　きっとここの紳士諸君も納得してくれるさ」

「おれは……あー、いや、ここでやることはとくにねえですから。いままでちょっと見物してただけで。何をしたらいいかよくわからなかったんで、おれはただ――」

「もうわかっただろう。さて、みなさん。わたしにできることがほかに何かありますか？」

「座ってもらえないかな」ジェラルド・ホルカムが静かにいった。「兄弟、もう少しわれわれにつきあってくれるように、この善良な医師を説得してくれないか。全部理解してもらえれば、許す気になると思うんだが」

「そうだろうとも」ドクター・マーフィーが割って入った。「もしかしたら胸にメダルを留めてあげたくなるかもしれないね。わたしが馬鹿だったよ。好きなようにさせてもらう、好きなだけ飲ませてもらうとはっきりいったらどうだ？　そのほうが時間の節約になる。わたしはなんとも思わないよ。つきあいきれない――この愚にもつかない悲痛な仕事はすべて終わりにする。あしたには、エル・ヘルソはもう存在しない。もうたくさんだ」

一瞬、全員が呆然とし、沈黙がおりた。

ジェネラルが震えながら立ちあがった。「し、しかし、わたしの本は。本はどうしたらいい？」

「それはあなたの問題だ。今後、自分の問題は自分で片づけるように、全員にお願いしたい」

「し、しかし……われわれは――」

「お楽しみあれ」ドクター・マーフィーはそういうと、皮肉たっぷりに敬礼してみせた。

その後、全員がいっせいにしゃべりだし、ジェフが爆発しそうになったところで、ドクター・マーフィーは部屋を出て、叩きつけるようにドアをしめた。

彼らについてはこれで片がついた。こんどは彼女だ。

ドクター・マーフィーは怒りを増大させる時間を取りながら、そしてその怒りを理にかなったターゲット――すの発音のうまくできない人物――に集中させながら、ゆっくりと階段をのぼった。結局のところ、ジェフやほかの面々に失望して愛想を尽かし、望みのない仕事を放棄するのはこのうえなく自然なことであるにしても、彼らに怒るのは子供じみている。意志の力に欠けているといって叱りつけるのは愚かであると同時に不毛でもあった。本気になれば抗えたのではないか、とふつうは思うかもしれない。しかしそこに矛盾があった。人は、自分にとって重要な事柄には抗わないようにできているのだ。彼らに責任はなかった。

ミス・ベイカーには責任があった。

張りつめた表情をした細い顔を紅潮させ、しかしあくまで眼は冷たいまま、マーフィーは中二階を奥へと向かった。一歩ごとに怒りが増した。あの看護婦がまだいるのはわかっていた。療養所にタクシーが呼ばれた形跡がなかったからだ。なぜかその事実にいちばん腹が立った。どういう神経をしているんだ、あの女は！　わたしに指図をして、患者に勝手に酒を与え、そのうえまだぐずぐずしているとは！　このままですむと思っているのだろうか？　どうせ何かするような度胸などないだろう、と？

　ミス・ベイカーの部屋のドアのまえで足を止め、つかのま聞き耳をたててから、ノックしようと拳をあげた。しかしそれからいやな笑みを浮かべ、拳をおろして鍵束を取りだした。小さくて平べったい、複数の刻みのついた鍵を選び、鍵穴に滑りこませる。音をたてずに鍵を回し、同時にドアノブをひねった。

　マーフィーは部屋に入り、そして——動きを止めた。おののいて息を呑むと、喉仏があがって、さがった。

　もちろん、あの糊のきいた白い制服の下はどんなふうだろうと想像したことくらいはあった。風の強い土地の煉瓦の家のようにしっかりしたつくりだろうとわかってはいた。しかし想像と現実——むきだしの現実——はまた別物だった。あまりにもかけ離れていた。マーフィーは危険な弱さが、体が麻痺するような弱さが全身に広がるのを感じた。

　ミス・ベイカーはベッドの上でうつぶせに寝そべっていた。全裸で、なまめかしい象牙色の小像のようだった。先へいくほど細くなるすんなりと伸びた完璧な脚のおかげで、広い腰の洋梨のようなラインが強調されていた。豊かな胸は枕に押しつけられ、背中はぞくぞくするようなカーブを描いていた。

医師はまた息を呑んだ。眼を逸らすのに努力が必要だった。少しばかりぼうっとしながら、途中まで荷づくりのしてあるスーツケースに気のない視線を向けた。引き裂かれたブラウスとスリップの残骸のようなものが見えた。なすすべもなく、マーフィーはまたベッドに眼を向けた。もうたくさんだった。ひとりの女に——百五十センチ、四十五キロ程度の体に——これだけのものが詰まっているとは。法律で取り締まるべきだ。

険しい顔をして、右の手のひらをゆっくりとズボンにこすりつけながら、マーフィーはまえに進んだ。

ベッドのそばに着いた。手をあげ、振りおろす。

マーフィーの手のひらが看護婦の尻に当たると、ライフルを発射したようなパーンという音がした。

くぐもった悲鳴があがった。顔が枕から離れると悲鳴は大きくなった。ミス・ベイカーは慌てふためいてよろけながらベッドの上に立ちあがった。ゆらゆら揺れながら痛む尻をこすろうとし、同時に体を隠そうともした。

医師は馬鹿にしたように声をたてて笑った。

「楽しいかね、ルクレチア？　アルコール依存症患者にウイスキーを与えるのとおなじくらい楽しいだろう」

「で、出ていって！」ルクレチアは喘ぐようにいった。「出ていかないなら、わたし……わたしは——」

マーフィーはさっと屈んでルクレチアの足首を握った。ルクレチアは尻もちをついて壁に寄りかかった。

「む、向こうに行って！　あ、あなたは……あなたは知っていたんでしょ、彼女が行かせてくれないことを！　わたしが出ていけないことを！」

「誰だって？　いったいなんの話をしている？」

「ジョテフィンよ。あなたがけしかけたんでしょう、ちがうなんていわせない！」ルクレチアは自分の頭を指差し、急いでまた手をおろしていった。「た、叩いたのよ！　そ、それに刺そうとした！　あなたは知って——」

「きみが招いたことだろう。ジョセフィンに何をした？」

「何も！　何もしてない——助けて！」ルクレチアは悲鳴をあげた。マーフィーの手が足首をつかんだからだった。

医師はルクレチアを引きずり、ルクレチアは金切り声をあげ、すすり泣き、シーツに爪を立てた。脚をぐいと動かすとマーフィーの手は離れたが、蹴った勢いでルクレチアは壁にぶつかった。

医師は悪態をついて、体ごとルクレチアに覆いかぶさった。

「さあ」マーフィーは唸るようにいった。「さあ、捕まえたぞ……！」

手に力をこめてルクレチアの腕を釘づけにし、動けないように組み敷いた。ふたりは喘ぎながら横たわっていた。甘いにおいのする髪がマーフィーの顔に当たった。ルクレチアの胸はマーフィーの胸に押しつぶされ、両脚はマーフィーの脚にがっちりと押さえつけられていた。

ルクレチアは身をよじった。もういちどよじった。医師の腕から突然のように感覚がなくなった……もちろん、ここでやめたってなんにもならなかった。ここまででも破滅するのに充分すぎるくらいだった。暴行罪。婦女暴行未遂。おなじことなら、このままつづけたほうがいい。

そのほうがいい──が、できなかった。

最後にもういちど気持ち半分にルクレチアの尻を叩き、ドクター・マーフィーは身を起こしかけた。ルクレチアは必死に身をくねらせて叩かれまいとした。そしていつのまにか──どうしてそうなったのか、マーフィーにはよくわからなかったが──ルクレチアはマーフィーの下で横たわっていた。やわらかくて温かいルクレチアの体が、クッションのようにマーフィーを受けとめていた。ルクレチアは妙な、すがるような声で泣いていた。必死にぱたぱたと動くルクレチアの手は、引っかくというより愛撫しているかのようだった。

ドクター・マーフィーは、いちども表に出てくることを許されなかったもうひとりのドクター・マーフィーに──犬殺しを叩きのめしてやりたい、無礼なウェイターを刺してやりたい、あのベルヴューの思わせぶりな女から金を回収したい、と感じたドクター・マーフィーに──屈した。そのマーフィーが──満足のいく唯一の方法で問題を解決することを初めて認められたマーフィーが──あとを引き受けた。

ルクレチアは突然の恐怖に眼を見ひらいた。それからまた眼をとじ、胸を突きだしてかぼそい泣き声をあげながら震えた。そして喘ぎ、うめいた。

ルクレチアはかすかに叫んだ。

……はじまったとたんに終わったように思えた。水面下のマーフィーが否定されつづけてきた長い年月を思えば。思いどおりにことを運ぶと、彼はさっさと逃げだした。もうひとりのマーフィーに——慎重で、つねに安全策をとる正気の犠牲者に——避けられない、ぞっとするような不協和音への対処を任せて。

マーフィーは暗く不安な気持ちでベッドの端に腰かけた。恥ずかしさと悪い予感で気持ちが悪くなった。ルクレチアを見る気になれなかった。話すこともできなかった。ただ座って床を見つめた。恥辱に満ちた未来を、実刑判決を受けた未来を、医師免許を剝奪された未来を、すべてを失った未来を見つめた。

ああ、ルクレチアにはそれを実現させることができる。状況の深刻さを誇張しているわけではない。ルクレチアは処女だったにちがいなく、そうなると、ずっと恨まれてもしかたがない。反論しても意味がなかった。もし仮に反論したい気持ちがあったとしても。

「それで?」マーフィーはとうとう口をひらき、返事を待った。「なぜ何もいわないんだね?行動を起こして、決着をつけたらどうだ」

沈黙。

「ああ」マーフィーはいった。「それじゃあ、わたしは行くよ。きみは警察に電話をすればいい」

さらなる沈黙。

「わたしが電話しようか、もしそのほうがよければ。それから……医者を呼んでほしいかね？わたしは――」

「馬鹿ね」ルクレチアはいった。「ほんとうに馬鹿ね！　わたしのお医者さんなら、もういるのに」

ルクレチアの腕がドクター・マーフィーに巻きついた。

16

マーフィーは階段をおりはじめた。幸せに満ちた、ピンク色の霞のかかった光に包まれていた。ふたたび現実という名の冷たい日射しが地平に入りこんでくるまでは。ルクレチアと部屋にいたときにはすべてがシンプルだった。いま、不機嫌な顔をしたルーファスが階段のいちばん下をふらふらしているのを見ると、現実が夢をパンクさせた。

ルクレチアのことはそれでも大事だったが、だからといってマーフィーの世界がそれだけですむわけでもなかった。ルクレチアのことがあったおかげで、どうしようもなくもつれた人生の糸がさらにひとつ複雑になった。まだ何ひとつ解決していなかった。

資金繰りは行き詰まっていた。マーフィーは診療所のない医師だった——いや、すぐにそうなるはずだった。やり遂げたかった唯一のことを失敗した医師だった。

「それで」マーフィーはルーファスに冷たい視線を向けた。「みんな具合よく酔っぱらっているかね?」

「いいや、具合よく酔っぱらったりしてません」ルーファスはいった。「そんな気もないんです。おれがあのボトルを回収して棚に戻しました。それに、ミス・ケンフィールドもぜんぜん飲んでない。あの人は——」ルーファスは真正面から医師の眼を見ていった。「あなたは醜いだけじゃなくて馬鹿なのね、って伝えてくれといってました」

ドクター・マーフィーは赤くなった。「思うに」と厳しい口調でいいかけた。「きみは少し——」

そこでやっとルーファスの言葉の衝撃が届き、医師はルーファスの肩をつかんだ。「きみは彼らが……スージーが——？」

「そうです」ルーファスはうなずいた。「赤ん坊のことはすいませんでした、せんせえ。その、おれが必要だったときにそばにいなくて。だけどおれは知らなくて、それで……」

「そんなことはどうでもいい！　彼らはきょうの午後、どれくらい飲んだんだね？」

「あなたが見た一杯だけです。みんながあなたと一緒に飲もうと待っていたあの一杯だけ。ミスター・ジェフはぜんぜん飲んでねえです。ただ飲み物をつくっただけ。ジェネラルと、ミスター・バーニーと、ミスター・ホルカムのために」

ドクター・マーフィーは、信じられない、というように眼を見ひらいた。「しかし、待てよ！　空き壜が二本見えたぞ、ベッドの下に……ああ」医師はいった。「そうか」

「そうですよ。きっと古いやつでしょう」ルーファスはいった。

「しかし」どうしようもない、というふうに手を広げて医師はつづけた。「あれはなんだったんだ？　みんなであの部屋に集まって何をしていたんだね？」

「本のことを話してたんです……どうやってちゃんとした本にするか。みんなでしゃべってるうちにミズ・ベイカーが来て、あら、すてきね、乾杯してもいいんじゃないかしら、っていって、あの一リットルの壜をくれたんです。いいニュースをせんせえに知らせてくるってあの人がいって、で、すぐにあなたがきたから、てっきり——」ルーファスはいったん口をつぐみ、非難がましくつづけた。「いったい、何を疑ってたんです？　おれが何をしたと思ったんですか？　あの人はおれのボスですよ。あなただっていつもいってるじゃねえですか、自分の仕事をしろ、いわれたことをちゃんとやれって。知りもしないことに鼻を突っこむなって、いつも怒ってるじゃねえですか」

「だが、本というのは？　なんの本のことだ？」

「ジェネラルが書いたあの本です。おれはどうすればよかったんですか、せんせえ？　ミズ・ベイカーに、それはまちがってるっていえばよかった？　あの人が正しいかどうか、あなたを探して訊くべきだった？　あの人たちはぜんぜん飲んでねえ。ただ、しゃべって、あなたが来るのを待ってただけ。おれもそうしたほうがいいと思ったんです。何もしないほうが……考えないほうがいいって。あの部屋にいて、あなたを待ってるだけのほうがいいって」

「ルーファス」医師はためらいつついった。「わたしが悪かったよ、ルーファス。きみがしたことは完全に正しい。ミス・ベイカーは……あー……少しばかり軽率だったね。彼女もきみに謝るべきだ。あとで向こうから何かいってくるだろう。しかし——」

「なんですか？」ルーファスは心配そうにマーフィーを見た。「だったら、全部大丈夫ですよね？　療養所をしめたりしませんよね？」

「わたしは……」医師は顔をそむけ、最後までいわずに言葉を切った。もちろん、わかっていたことだった。ルーファスやほかの面々にもまえもって伝えておくべきだった。しかしここまで引き延ばしてしまったのだ。「その本についてもっと知りたい。ミスター・スローンに、わたしの執務室まで来るようにいってもらえるかね？」

「もうそこで待ってますよ、せんせえ。療養所はほんとうに――？」

「あとで話すよ」ドクター・マーフィーはいい、急いで食堂を横切って執務室に入った。

ジェフはソファに座り、医療雑誌をぱらぱらとめくっていた。医師が部屋に入ると、ジェフは立ちあがった。温厚な童顔が、いまは挑むような非難の色をたたえていた。

「まったく」ジェフはいった。「ちゃんと聞きもしないでさっさといなくなるんだから！　グラスを持っているからって――」

「わかってる、わかっているよ！　ルーファスと話をしたから」医師はソファにどさりと腰をおろし、ジェフのことも座らせた。「それで、ジェネラルの本というのは？」

「それをうまく売りだそうって話ですよ！　バーニーがリライトするんです、もちろんジェネラルの名前でね。それで、おれがプロモーションをして、ホルカム兄弟が売る。ふたりだけで……会社とは関係なく。まさに適材適所ですよ、先生！　ジェネラルの名前なら誰だって聞いたことがある！　バーニーが文章を整えて、残りのおれたちは宣伝したり売ったりする。きっとベストセラーになりますよ」

医師はゆっくりとうなずいていった。「そうかもしれない。きっとそうなるよ。わたしが思うのは……」

「なんです？」

「なぜ自分でそれを思いつかなかったかだ。ずっと眼のまえにあったのに。ジェネラルがどんどん、どんどん坂を転げ落ちるのは毎日見てきた。ジョンとジェラルドとバーニーにもおなじことが起こるのを、やはり見てきた。本質的にはすべて、生活のなかにほんとうに興味を持てることがなかったからだよ。わたしはそれをどうしたらいいかわからなかった。手のなかにすべてのピースが揃っていたのに、愚かにもそれを組みあわせることができなかった。きみはそれを、ここに来て二日も経たないうちに――」

「見えたんです」ジェフは肩をすくめた。「だってそうでしょう？　おれはボートの外から覗いていたわけじゃない。ほかのみんなと一緒に乗っていたんです。でも、先生、ひとついわせてもらうとね」ジェフはドクター・マーフィーの膝をぽんぽんと叩いた。「何かを見るまえには、眼をあけなきゃならないんですよ。見たいと思わなきゃならないんです」

医師は首を横に振った。「残念ながら、きみはわたしを買いかぶっているようだ、ジェフ。もちろんわたしだって、自分の言葉が役に立ったと思いたいが、大勢の患者を相手にしているうちに精も根も尽き果てたよ。で、結局何ができたかといえば、さてね……」

「なんの役にも立たなかったなんて、どうしてわかるんです？　あとになって、何かしら助けになっているかもしれないのに」

「それは……」

「どういうことかっていうとね、先生、おれの商売と似ているんですよ。誰かのところにある提案を持っていくとする。もしかしたら、まさにうってつけのタイミングでうってつけのことをいって——あなたがおれにしたようにね——相手はそれを受け入れるかもしれない。だけどそんなことはめったにあるもんじゃないから、その相手には毎日毎日アタックしつづけなきゃならないし、それをやっても契約を逃すこともある。だからといってね、先生、何もいいことがないかっていうと、そんなことはないんですよ、絶対に。きちんとした仕事をすれば、人は憶えていてくれる。あとになってから契約してくれるかもしれないし、こちらの提案とちょうどタイミングの合うような友人でもいれば口添えしてくれるかもしれない」

医師はため息をつき、ソファの上で身じろぎをした。

「問題はだね、ジェフ、わたしには自分の仕事がわかっていないんだよ。きみのようにちゃんとわかっていることなど何もない。ほんとうにすべてがいきあたりばったりで、暗闇で銃を撃つようなものなんだ。どこを狙ったらいいかも、何を狙ったらいいかもわからない」

「だから？　何がどうちがうんです？　全部を狙えばいいだけじゃないですか」

「ジェフ、きみにはわかっていない」

「いや、わかってますよ、先生」ジェフは力をこめていった。「飲んでいるときのおれは質《たち》の悪いろくでなしですけど、頭はおかしくなっていない……まだ。あなたはさっき、なぜおれがもう飲まない決心をしたのかって訊きましたよね。で、おれは答えられなかった。いまなら答えられる。おれはやめられるし、きっとやめるだろうと、あなたが信じてくれたからですよ」

「そうなのか?」ドクター・マーフィーはぱっとジェフに顔を向けた。「どうしてそう思う?」

「あなたはおれにできると信じていたし、ほかの患者にもできると信じている。最後には患者たちをもとの道に戻すことができると確信している。わからないんですか、先生? あなたは信じているはずなんです、でなければいまやっていることをやってこられたわけがない。そもそもこんな商売をはじめようと思ったはずがない」

「ううむ」医師はいった。「それで、そんなふうに信じることがまったくの見当ちがいだったらどうする?」

「でもわかっているんでしょう、見当ちがいなんかじゃないって。ほかの人はみんなそう思うかもしれない。患者自身さえ、希望がないものとあきらめるかもしれない。だけどあなたはちがう。あなたはそこにいて球を投げつづける、持てるものすべてをつぎこんで。なぜなら勝利を信じているから。わかりますか、先生、誰かが信じてくれることがどんなに重要か? あなたまであきらめたら……ほかの人たちとおなじように信じるのをやめてしまったら、どうなるかわかりますか?」

医師はしかめ面になっていった。「きみはそんなに手ごわいケースじゃなかったんだよ、ジェフ。きみならひとりでもやめる決心をつけられたかもしれない」

「だったら、おれのことは脇へ置くとして。ほかの人たちはどうなんです？　きょう、彼らのことがよくわかりましたよ。もしかしたら、あなたよりわかっているかもしれない。酒呑み同士だと気楽にかまえられますからね。いまここをやめることなんてできませんよ、先生、成功を目前にして。彼らは底を打った。あとはあがるだけです」

「それならば」医師はわざと皮肉な口調でいった。「きみはもう彼らが大丈夫だと思うんだね？　もう飲まないと……王子さまは王女さまと結婚しました、そして末永く幸せに暮らしましたと、そう思うんだね？」

「おれはこう思うんです」ジェフはいった。「ずっと素面でいるという目標に、彼らはいままでいちばん近い位置にいる、と。滑り落ちるのをやめて、のぼりはじめたと。もしあなたがここであきらめたら、みんなまた高速で滑り落ちはじめると思うんです」

「それは……」とだけいって、医師は黙りこんだ。

「みんなひどく動揺していましたよ、先生。おれはみんなにいったんです、先生は本気でいったわけじゃないって。何があったか理解してもらえれば、すべてうまくいくって」

「そういったのかね？」

「いいましたよ。だけど、先生」ジェフは顔をしかめた。「ミス・ベイカーには何があったんですか？　どうしてあの酒を持ってきたんでしょう？　なぜあんなふうに患者を攻撃するんだろう？」

「わたしの責任だ」医師はそっけなくいった。「ミス・ベイカーは病気でね、わたしはそれを知っていたんだが。これからはもう大丈夫だ」

「それなら」ジェフは戸惑ったようにマーフィーを見た。「よくわからないな。すべてがうまくいってるのに、あなたは――」

ドクター・マーフィーは跳ねるように立ちあがった。

「もう充分だ、いいかね？　そこが問題なんだよ。次から次へと頭痛の種が湧いてでる。もうこれ以上は無理だ。スーザン・ケンフィールドのニュースは聞いたかね？　まあ、あれも小さな例のひとつだよ、わたしがここをひらいてからぶつかってきた問題の。スージーは死んでしまってもおかしくなかった。赤ん坊だってそうだ。それというのもみんな、酔っぱらっていられるかぎりスージーがほかのことなんかまるで気にしないせいだよ。いっておくが――」

「みんなで赤ん坊を見にいきましたよ」ジェフはいった。「ミス・ケンフィールドは、いままで生きてきたなかで最高の気分、といっていました」

「そうだろうとも。あの自己中心的なクソ女は叩いても壊れないからな。しかしわたしはちがうんだよ！」

「ルーファスが彼女にウイスキーを勧めたときも、おれたちはそこにいました」

「わかった、わかった」医師はいった。「何年も働いてきたあいだ一センチも前進しなかったものが、ここへきて全部いちどに弾けたわけだ。もちろん、全部まぐれ当たりかもしれないが、もうどちらでもおなじことだ」

「まぐれ当たりなんかじゃないってことはわかっているんでしょう、先生」

「ああ、もう、そうだよ、わかっている。わからないほうがよかったのに。すべて失敗だったと思えたほうが気が楽だった。あの医者はほんとうに駄目だったと思ってもらえたほうが、患者にとってもよかったはずだ。いまの状況は、せっかく患者たちが梯子をのぼりはじめたのに、その足もとからわたしがぐいっと梯子を外すようなものだからね」

「だけど先生……なぜ?」

「わかっているはずだ、ジェフ。ヴァン・トワインをあのままにはしておけない。あんなことをつづけているようでは、わたしは医師失格だ」

「でも」ジェフはためらいがちにいった。「気持ちはわかりますが、おれを彼のところに連れていったときには、まだ心を決めていなかったじゃないですか。あのとき、ここをつづける切実な理由が何もなかったときには決めていなかったものを、なぜいまこうなってから——」ジェフはまた口をつぐみ、居心地悪そうに床を見おろした。「あなたを説得しようとしてるわけじゃないんです、それはわかってください」

「できないんだよ、ジェフ。ずっとわかっていたことだ。時間が残されていたときには——たとえそれがほんの数時間でも——現実を直視するのを避けていた。ほかに何か方法があるはずだと、自分を騙そうとした。いま、時間切れになってみれば、ほかの方法などないことがよくわかる。

いままでどおりか、何もないか。結局、何もないということで納得せざるをえない」

「それは……おれは……それは」ジェフはただそうくり返した。

「そう。ほんとうに台無しにしてしまった。資金繰りが苦しいことはかなり知られていたが、それがどんなに深刻かは誰も知らなかった。アルコール依存症患者というのはものすごく敏感だからね。そして患者の大部分は金に困っている。もし患者たちにほんとうのことを話したら、わたしのところに来るのを躊躇するんじゃないかと思ったんだよ。だから何事もないような顔でそのままつづけて、どんどん深みにはまり、いまは……」

「方法がないっていうのは確かなんですか、先生？」

「そういったじゃないか」

「絶対に？」

「だから」ドクター・マーフィーはいった。「なんどいったらわかるんだ？　ヴァン・トワインが唯一のチャンスだったんだよ。だから入所させたんだ、わかったかね？」

「いや」ジェフはきっぱりといい放った。「わかりません」

「彼の一族はウエストコーストにあるすべての儲け話に手を突っこんでいる。不動産に、銀行に……すべてだ。彼らはハンフリーを押しこめるために評判のいい療養所を探していて、わたしのところに眼をつけた。わたしにとってここがどれだけ大事かを知っていて、わたしがすぐに大きな額の現金を用意しないとまずいというのも知っていた。さらに、彼らから手に入れなければわたしにその金を用立てる手段がないことも――」医師は唐突に言葉を切り、眉をひそめた。「もし彼らから手に入れなければ」マーフィーはぶつぶつと小声でいった。「もし彼らから手に入れれば……」

「いま、なんて?」

「なんでもない」

「その家族はずいぶんと汚い手を使ってきたものですね。そんなかたちであなたに強制するなんて」

「ああ」ドクター・マーフィーはいった。「わたしもそう思ったよ」

マーフィーは煙草の灰を膝からはらい、立ちあがった。両手をポケットに突っこみ、窓のまえに立って、木立と庭と、国道までつづく芝生を見おろした。

車が一台、坂の下で私道に入ろうとしていた。午後の日射しが黒く長いボンネットに反射して眼をくらませる。クロムメッキの車体がまばゆいばかりに輝くさまが、無限の富を象徴していた。ドクター・エイモス・パースボーグが到着したのだ。ドクター・パースボーグ、ヴァン・トワイン家のかかりつけの医師。

ドクター・マーフィーは窓から顔をそむけた。

「もう失礼しなければならないよ、ジェフ」

「わかりました」ジェフは、ゆっくりとドアに向かった。「くり返すのは気が引けるんですが、先生、ほんとうにもう道はないんですか——?」

「ヴァン・トワイン。それが唯一の道だ」

「おれは……みんなにはなんていったらいいんです?」

「何もいわなくていい。わたしが忙しくて話ができなかったことにするんだ」

「でも、先生、それは——」

「聞こえたね」そういって、ドクター・マーフィーは青い眼の一方のまぶたを落とした。「さあ、ここから出ていってくれ」

17

むかしむかし、パスツール・セムルワイス・マーフィーという信じがたい名前の少年がまだ短パンを穿いていたころ、ドクター・エイモス・パースボーグの年収は六桁に近づいていた。おわかりだろうが、それは診療所が特別に大きいからではなかった。医師としての腕がいいからでも——決して——なかった。むしろ気質のせいだった。多くの人々が持っていると主張するが、じつは——幸いにも——ほとんどの人が持っていない気質を、パースボーグは持っていた。つまり、自分の出世といくらかでも関係がないかぎり、決して動こうとしない男だったのである。

疑うことを知らない友人や同僚のあいだでは——実際、大部分が疑うことを知らなかった——ドクター・パースボーグは気まぐれな変わり者、頭よりも心に従って行動する男とみなされていた。先の見通しが、ドクター・パースボーグのように年単位、十年単位ではなく、日単位、週単位に限られているような人々にとっては、パースボーグはとくに変わって見えた。真正直な人々が複雑な社会に欺かれるのはあまりにも簡単だった。まっすぐな道でも、ゆっくりとしか歩けないような地形のなかを突っきるときには迷い道になるものだ。

不況下では、エイモス・パースボーグは駆け出しの開業医に何千ドルもの金を貸した。借用書や担保も取らずに貸したので、自分自身が金を借りる必要に迫られることもたびたびあった。

自身の職業的地位がまだまったく安定していなかったころに、パースボーグは大胆にも、郡の医師会の会長を無能な金の分配屋だと非難した。そしてそれは——あまり適切なことではなかったが——ほんとうだった。

嘆願してくる若い医師たちを文字どおりオフィスから締めだし、ドクター・パースボーグが援助したのはほんのひと握りの人々だった。注意深い観察者なら（そんな者がいたとして）気がついたはずだが、パースボーグの援助を受けられたのは、いわば能力よりも寛大さを基準に選ばれた人々だった。心臓の専門家に、整形外科医、産婦人科医、小児科医、脳外科医、眼科と耳鼻咽喉科の専門医……などなど。みな善良だが、才気あふれる人材ではなかった——ドクター・パースボーグは才気というものを信用していなかった。こうした人々はコンサルタントとして便利で、長年にわたって利益を生んだ。診察料のほんの一部を受けとってパースボーグの代わりに仕事をするだけでなく、目に余る、ときに致命的な彼のミスにも、プロとしてお墨付きを与えてくれたからだ。

さて、医師会の会長だが、彼は老人だった。老人というのは戦う気力を失っているものだ。そして倫理的な問題に決してノーの票を投じないのは、政治というものの基本中の基本である。現職の会長はポストを追われ、後任にはドクター・パースボーグが拍手喝采を浴びつつ選ばれたが、彼は高潔にも辞退した。目的は達成できたのだから、そこから利益を受けとるつもりはない、とパースボーグはいった。

いうまでもなく、実際には利益を受けとった。何百ドル、何千ドル相当の無料の広告を活用し、その結果を注意深く選別し、診察の対象を財政的に最強の顧客のみに絞った。さらに、競争によって白日のもとにさらされることを怖れ、パースボーグとその庇護のもとにある医師たちは、実質的にはコンサルタントとして楽で金になる仕事しかしなかった。もちろん一時期だけのことだったが、欲は永続し、怖れは一瞬で終わった。しかし非常にいい時期ではあった。ドクター・パースボーグとヴァン・トワイン家との長い付き合いがはじまったのもこのころだった。

バーバラ・ハイリンガー・ダーシー・ヴァン・トワインは妊娠していた。ドクター・パースボーグはコンサルタントたちと相談し、バーバラの出産には深刻な母体の危険が伴うという結論に達した。言い換えれば、堕胎すべきだ、ということだった。バーバラは堕胎した。そしてその後すぐに、女性ゴルフ・チャンピオンとして、テニス選手として、水泳と高飛び込みの選手として、多くの義務を果たすことを再開した。

先にも書いたように、これがヴァン・トワイン&パースボーグ連合のはじまりだった。終わりは……ああ、終わりか。

どこで終わるのだろう、とドクター・パースボーグは考えはじめていた。

わたしは一直線に進んできた、そして向かっていた場所に到達した。わたしが進むために動かした人々も、いまやわたしと似たような地位に就いているが、心を乱されることなど少しもない。喜ばしく思い、感謝してもいる。きっと友人同士でいられるだろう、わたしに友人を持つ能力があるかぎり。彼らはわたしに何も求めないし、わたしも彼らに何も求めない。過去の因縁もなかった。

その後は自分の問題だ、割り当てられた三・五点のうちの三点を達成したあとにどうするかは。ちょうどよく太り、快適に活動し、快適に金も使える。ほしかったものは手に入れた——富、地位、家族。なんの心配事もない、名誉をともなった居心地のよい場所まで、わたしは一直線に進んできた。

そして最後にあのビーズのような眼をした魔女が、ひどく年老いていながら不老不死のようにも見える、まだほしいものを全部は手に入れていない魔女が——永遠に手に入れられませんように、彼女に呪いあれ！——やってきて、わたしを追いだしたのだ。嘆願することはできなかった、訴えるべきことが何もなかったから。理を説くこともできなかった、彼女は議論を受けつけなかったから。彼女が指差した方向に動くしかなかった。

机をはさんでドクター・マーフィーの向かいに座ったドクター・パースボーグは、不幸そうに見えた。実際には、見かけよりはるかに不幸だった。物事がどう運ぼうと、結局自分の身の破滅は避けられないのではないかとパースボーグは思っていた。それでもまえに進むしかなかった。もしまえに進まずに屁理屈をこねるなら——これは魔女の言葉だ——破滅が早まるだけだろう。

ドクター・パースボーグはドクター・マーフィーに笑いかけ、会釈し、礼儀正しさを保ったまま訪問の目的へとじりじり話題を進めた。しかし実際には、ドクター・マーフィーのことなど見えていなかった。パースボーグの心の眼は魔女に向いていた——鉤鼻、苦々しげな口もと、ビーズのような眼。干からびた魔女が王座のような椅子に傲然と座っていた。同名の女王よりはるかに裕福であるにちがいない。

しかし、親愛なるヴィクトリア！　あなたは本心からわたしにそれを望んで――

あたしが何を望んでいるかはもういったはずだろう。それに、親愛なるヴィクトリアなんて呼んでもらいたくないね、あんたみたいな聖人ぶった年寄りのニセ医者に。吐き気がするよ！

しかし……しかしそれは完全に倫理にもとる！　ある意味では殺人だ。ご自分の孫を殺してほしいと思っているわけではないのでしょう？

それ以上の望みはないね。あいにく、評判を考えなきゃならないもんでね。

できません――やりませんよ、わたしは！

結構。

何を……ど、どうするつもりなんです、ヴィクトリア？

あんたをかい？　あたしとあんたには性格に似たところがあるね。あんたならどうする、エイモス――あたしにできることが、仮にあんたにもできるとしたら？

……ドクター・パースボーグは鼻眼鏡をはずし、二百ドルのスーツの襟で拭いた。眼鏡を鼻の上に戻すと、肉づきのよい顔を同情的な仮面の下に隠しながら身を乗りだした。

「それで、ハンフリーだが」パースボーグはいった。「あのかわいそうな子は、どんな具合かね?」

「会いに行かれますか?」

「ああ、いやいや、結構」ドクター・パースボーグは言葉を返した。「その必要はない。百パーセント信頼しているからね」

「なぜですか?」ドクター・マーフィーはいった。

「あー……なぜ、とは?」

「当然でしょう。なぜですか? わたしは開業医として限られたことしかできない、一介の精神科医ですよ?」

「自分を過小評価しているようだね、ドクター。きみの能力についてはすばらしい報告をもらっているよ」

「脳外科医としての能力ですか?」

ドクター・パースボーグは唇を引き結び、頬をぷっと膨らませた。一瞬、これ以上ないくらい怒ったヒキガエルそっくりになった。しかしパースボーグはなんとか不快感を抑えこみ、穏やかな声で、やさしく叱るような口調でドクター・マーフィーに話しかけた。

「愛だ」パースボーグは歌うようにいった。「それこそあの子に必要な治療だったんだよ、ドクター。結局のところ——この問題についてきみが無知であるとは思わないよ、きみはそういうふりをしているがね――あの子のためにほかに何ができた？　ロボトミー手術を受けた患者のうち、いったいどのくらいが普通の生活に戻れると思う？　世界で最もすぐれた専門家の熟練の技術をもってしても、多くはあるまい？　われわれの手もとには専門家の記録があるんだよ、ドクター……多くの失敗と、ごく少数の、ああ、ほんとうにみじめなほど少数の成功の記録がね。だからわれわれなりの方法でやろうじゃないか、心と魂をこめた方法で。あの子はここに、家族の懐のなかに置いたまま……」ドクター・パースボーグは冷淡に口をつぐんだ。「何かおかしいかね、ドクター？」

「いや、ぜんぜん」ドクター・マーフィーはいった。「おもしろいことならほかにいくらでもありますから。おっしゃるとおり、前頭葉の回復率は悲劇的なほど低い。精神科医として手術に正当な根拠があったとも思えません。しかしながら――」

「選択の余地はなかったのだよ、ドクター」

「同意しかねますね、しかしそれは脇へ置くとして。ハンフリーは手術を受けた。だからこんどはチャンスを与えられてしかるべきだ。彼がそのチャンスを得られる唯一の場所は、ロボトミー手術を受けた病院、ニューヨークのペイン・グワルトニー・クリニックです」

「賛成できないね、ドクター」

「いや」ドクター・マーフィーはいった。「そんなはずはありませんよ。しかしそれも脇へ置くとして。地元にもかなりいい医者が何人かいます。専門家です。ひとり呼びましょう」

「駄目だ」ドクター・パースボーグはいった。

「それなら、専門家でなくてもかまわない。信頼できる開業医を呼びましょう」

「駄目だ」

「いいですか」ドクター・マーフィーは厳しい表情でうなずきながらいった。「ハンフリーの葬式で騒ぎが起きたら困るでしょう。遅かれ早かれ、ひどいスキャンダルになりますよ。誰かいい医者に診てもらうべきなのに、この件にはそういう人間がひとりも関わっていない」

「いやいや」ドクター・パースボーグは固い笑みを浮かべていった。「いい医者ならもう関わっている。きみだよ。きみはこの恵まれた州のなかで最良、かつ現実的な医師のひとりだ。率直にいって、そのきみの態度には少しばかり驚き、失望もしているがね。避けられない問題をこう長々と論じられてはね。わたしの理解では、われわれは合意に達していると思う理由が――」

「これは驚きですね」ドクター・マーフィーはうなずいた。「ご提案は魅力的ですよ。いわれたとおりにするか、ここでの仕事をあきらめるか――」

「非常に価値ある仕事だよ、ドクター。重要で、欠くことのできない仕事だ」

「わたしもそう思います。だからおそらく、あなたよりはるかに残念に思っていますよ、こういわなきゃならないのは。わたしはこのケースに関わりたくありません。いますぐハンフリーをここから連れだしてください。あなたがやらなければ、わたしがやるまでです」

「し、しかし」ドクター・パースボーグは顔面蒼白になっていった。「それは、で、できない！

きみにもそんなことはできないよ、ドクター！」

「なぜですか？　ハンフリーを郡立病院に送るのに、妨げになるようなことがありますか？」

「郡立病院！」ドクター・パースボーグは自分を抑えていった。「ドクター、それは――われわれはかなり気前のよい申し出をしているつもりだが――金の問題なのかな？」

「責任の問題です。誰かと――医師として名高い人物と――共同で責任を負うことができないなら、この件はお断りします」

「しかしきみはすでにいったじゃないか、誰も――ああ、誰か心当りがあるのかね、ドクター？　そのアイディアにミセス・ヴァン・トワインが同意するかどうかはわからないが、もしきみが自分の判断で誰かを推薦できるなら……」

「あなたから推薦してもらえませんか？」

「わたしが？　同僚のひとりに頼めと……！」

ドクター・マーフィーはにやっと笑ってみせた。「そんな仕事をさせるにはもったいないってことですか？　彼らはもったいない。しかしわたしはそうじゃない」

「いやいや、それはちがう！　必要条件を満たす人間を思いつかないだけだ。しかしもしきみが誰か見つけられるなら――」

「わたしの希望としては」ドクター・マーフィーはいった。「ハンフリーが自分で誰か挙げてくれないかと思ったのですが。実際、きっとそうするんじゃないかと思って、勝手ながらこれを用意しました」

マーフィーは机上にあった紙を裏返して、ドクター・パースボーグのほうへ押しやった。パースボーグは非常に慎重にそれを取りあげた。

「ううむ」パースボーグは咳払いをしていった。「これはよけいだよ、ドクター。完全に不必要だ。明らかに――もちろん、暗に、ということだが――ハンフリーがわたしの完全な同意のもとにきみの治療を受けているといってるじゃないか。きみがいちいち許可を取らなくていいというのは、誰にとっても疑問の余地のない事実だったはずだが」

「しかしそれを記録事項として残すのはいやだ、と？」

「だが事実上記録事項になっているじゃないか！　きみに支払われる報酬の小切手が記録なんだよ！」

「わたしの基準では、そうはならないんですよ」ドクター・マーフィーはいった。「言外の含みがすべて一方的ですからね。一万五千ドルで、わたしはハンフリーを助けるという暗黙の約束をする。わたしは何かを約束し、それに対して報酬を受けとるが、その何かはわたしには遂行できない事柄です。あなたとヴァン・トワイン家にはなんのうしろ暗いところもない。あなたがたはわたしの医師としての言葉を受け入れ――わたしの言葉だけですがね――わたしのほうは契約不履行。いやいや、ドクター・パースボーグ。そんなことはごめんですよ」

「ドクター、きみにもわかっているだろう、われわれはこれっぽっちも……」

「いまはそうですよ、ええ。しかしこれがあなたがたの首かわたしの首がかかるような問題になったら、あなたがたがどうするかは容易に想像できる」

「しかしこれは」ドクター・パースボーグは心底不満そうな様子でその紙を見おろした。「このいいまわしだがね、ドクター。〝本契約書によって、わたしは正式に権限を与えられたハンフリー・ヴァン・トワイン三世（無能力者）の主治医として、また前述の患者を徹底的に検査、研究した医師として、担当医であるドクター・パスツール・セムルワイス・マーフィーの提言に完全に賛成、同意するものとし……〟」

「それが何か？」

「提言とはなんだね？　わたしは何に同意することになる？　こんな危険はおかせない！」

ドクター・マーフィーは肩をすくめた。「では書き直しましょう。もっと具体的に。ハンフリーのために何をすべきか、あなたのお考えを聞かせてください」

「しかしわたしにはどうしたらいいか――」

マーフィーはにっこり笑ってみせた。

ドクター・パースボーグはため息をついた。

そしてしぶしぶ万年筆のキャップをはずし、ページのいちばん下に乱暴にサインをした。

「さあ、書いたよ、ドクター。それから、これが小切手だ。見ればわかると思うが、もう裏書きしてある」

「ご親切にどうも」ドクター・マーフィーはつぶやいた。

「あとはきみがこの領収書にサインするだけで……」

ドクター・マーフィーは椅子の背にもたれた。頭のうしろで手を組み、考えこむように天井を見あげる。

「ずっと考えていたんですがね、ドクター。わたしのところのような施設は、つねにいくらかは疑いの眼を向けられているんですよ。それで、考えたのは……」

「なんだね?」ドクター・パースボーグはぶっきらぼうに返した。

「ヴァン・トワイン家の慈善活動は有名ですよね。それに、一家がアルコール依存症に対して強い関心を抱いていたとしてもなんの不都合もない。そういうことならば……この状況が不愉快な事柄を引き起こす可能性が非常に高いことを考えると、わたしはこの小切手を、診療報酬ではなく、寄付として受け取ったほうがいいと思うのですが」

ドクター・マーフィーは天井を見つめたままでいた。怖くてそこから眼を離すことができなかった。ドクター・パースボーグから計算に満ちた冷淡な一瞥を向けられれば、確実に頭のなかの計画を読まれてしまうような気がしたからだった。

マーフィーは待った——何時間も経ったように感じられた。沈黙が耐えがたいものになってきた。それから、思慮深げにゆっくりと息を吐く音が聞こえ、椅子の軋みが聞こえた。

次いでペンが紙をこする短い音が聞こえた。

「すばらしい考えだよ」ドクター・パースボーグはいった。「この一語で充分だと思うんだが、どうかね？」

ドクター・マーフィーも充分だと思った。きっと充分だと——腹のなかで笑いながら——確信していた。小切手の隅に書かれた〝寄付〟の一語だけで。これで——ハッハッハ——すべての面倒が片づく。

ドクター・パースボーグは小馬鹿にしたような、おもしろがるような眼でマーフィーを見た。それから握手をし、別れを告げた。

車を走らせながら、ドクター・パースボーグは驚きと嘲りの笑いをもらすことを自分に許した……哀れな愚か者め。あの一万五千ドルに手を伸ばしたとき、ヒステリーを起こしそうになっていたぞ！　まったく、このわたしの半分の才覚もあれば、一万五千の倍は絞りとれただろうに！

一方、ドクター・マーフィーはまだ執務室にいた。机のまえに座ったまま、ぼうっと小切手を眺めていた。

手に入った。やり遂げられるとは思っていなかった。神経が昂り、疲労困憊していた——心底ほっとして叫びだしたいほどだったが、そのエネルギーがなかった。

震える指でつかむと小切手はカサカサと音をたて、すぐに落ちた。マーフィーは息を吞み、眼をこすった……一万五千ドル！　これだけあれば診療所を長いあいだ楽に経営していける。それにハンフリー・ヴァン・トワインにもチャンスを与えることができる——ふつうの状態に戻り、有益で幸福な人生を送れる、千にひとつのチャンスを。

　しかしあまりにも荷が重かった。持てる力をすべて出しきってここまで来たが、これだけでは実際にはなんにもならなかった。まだ、何を成し遂げたわけでもなかった。最後の決定的な一歩を、これから踏みださなければならない。深淵を渡る……あるいは深淵に踏みこむ一歩を。

　ドアがそっとひらき、とじた。ミス・ベイカーがしっかりした足どりでやってきた。

「何か……何かわたしにできることがありまつか、先生？」

「わからない」ドクター・マーフィーは顔をあげもせずにいった。「いや、つまり、ないと思う。考え事をしていたんだ。ちゃんと最後まで考えようと」

「それはもしかしたら……ジョテフィンのことじゃないといいんでつけど。彼女はほんとうはとてもいい人《シト》で、わたしはただ誤解して――」

「いや」医師はいった。「ジョセフィンのことじゃない」

「じゃあ、ミツター・ツローンのこと？　あの人と話しました？　わたし、朝ごはんのあとに、あの人の部屋にグラツ一杯のウイツキーを置いちゃったんでつけど」

　ドクター・マーフィーは鋭い一瞥を向けた。だが、すぐに肩をすくめた。「そうかね？　なんの問題もない。もうすべて大丈夫だ。きみも。スローンも。ジェネラルも。バーニーも。ホルカム兄弟も……」医師は疲れたように笑った。「何がどうしてこうなったのかはよくわからないが。わたしはいつもよりさらにひどい馬鹿だったからね。しかし全部大丈夫だ。すべて。みんな。だが——」

「なんでつか、先生?」

ドクター・マーフィーは首を横に振った。

もちろん、一家は表に出ることを望まない。そしてもし強硬手段に訴えるなら、たっぷりと表に出ることになる。腐って悪臭にまみれた不快な正体をさらすことになる。ハンフリーの過去の行為を日曜学校の説教のような話に仕立てたスキャンダルも出てくるかもしれない……一家が何もしないほうに賭けるしかない。彼らが負けを認め、わたしに感謝してくるような日が来ないともかぎらない——もしハンフリーが回復すれば。

しかし……どちらに転ぶか、確実なところはわからない。騒ぎになれば自分たちの利益を損ねるからといって、彼らがそれをしないとはいいきれない。あの一家が狂気の血筋であることはまちがいない。痛い思いをさせられたと感じれば、こちらが生まれてこなければよかったと願うような仕打ちをしてくるだろう。医師免許を失うかもしれないし、あちこち追いまわされるかもしれないし、くり返し危害を加えられるかもしれない。向こうだってどっぷり窮地にはまるだろうが、それはなんの慰めにもならない。

そんなことにはならないだろう、と思ってはいた。彼らはとことん利己的で、他人を傷つけるために自分たちが傷つくような真似をするほど馬鹿ではない。しかし確信は持てない——どうなるかはわからない。そしてわかったときには、もう手を引くには遅すぎる。

マーフィーは唐突に恐怖に襲われた。

「先生……」ルクレチアは小切手を見おろしており、どうやら事態が呑みこめたようだった。マーフィーがこのうえない愚か者であることはすでにわかっているようだった。小切手が充分な情報を与えていた。「イカレた人ね」ルクレチアは息をついた。「自分でもわかっていると思うけど」

ルクレチアは何もいわれないうちからファイリング・キャビネットに向かった。そして白い名刺を調べ、デスクに戻ってきた。

「これがペイン・グワルトニー・クリニックの住所でヽね。ニューヨーク州フォレスト・ヒルズ……至急電報でいいでヽか、先生?」

「ああ、至急電報だ」ドクター・マーフィーはいい、内容を口述した。「〝ハンフリー・ヴァン・トワインを貴院の管理下に戻す。ヴァン・トワイン家代理人の全権委任状の写しを航空便にて後送。経費上限なし〟……これで何文字だね、ルクレチア?」

「ヴァン・トワインをヴァントワインにすれば六十文字です。どこか削りましょうか――」

「いや、五文字加えてくれ」ドクター・マーフィーはいった。「〝幸運を祈る〟」

18

療養所の長い一日は終わった。元衛生兵のジャドソンは、ビーチからの長い階段をすでにのぼってきていた。エル・ヘルソの大きなキッチンは暗く静かだった。ジョセフィンとルーファスはそれぞれの部屋で、心正しき者の眠りを眠っていた。

ホルカム兄弟の二人部屋ではジェネラルが、楽しい集まりを去るのはいつでも気の進まないものだが、そろそろ失礼しなければ、といっていた。何年かぶりに、ほんとうに眠気を覚えているものでね、と。ジョンもこういった。奇妙なことだが、わたしと兄弟も眠いと思っていたところだ。バーニーとジェフも同様に、忘れかけていた感覚に襲われていると白状し、全員で幸せに笑いあい、おやすみと挨拶をした。

スーザン・ケンフィールドは自室でいった。「コチョコチョコチョ、ダーリン、かわいいかわいい、どうしようもないろくでなし」それからいくらか驚いたような顔の看護婦に赤ん坊を託すと、穏やかに眼をとじた。

四号室では、ハンフリー・ヴァン・トワインがシーツの繭のなかで小便をもらしていた。彫刻のような彼の白い顔に、つかのま知性のひらめきが走った。何十年もまえに空虚で真っ暗な怖ろしいことがあり、それから突然こんなふうに温かく濡れている。このあとはどうなる？　このあとは？

裏のテラスでは、海へとつづく月下のハイウェイが光を発するさまを眺めながら、きっと何もかもうまくいくわ、とミス・ベイカーがいっていた。わたしもそう思うよ、いまよりずっとよくなるはずだ、とドクター・マーフィーはいった。

「新しい患者が到着しました、先生。ご覧になったほうがいいと思います」

「ひどい状態かね？」

「かなりの錯乱状態ですね。ひどく叩きのめされています。僕がタクシー代を払わなきゃなりませんでしたよ」

「しょうがないな！　わかった、すぐに行く」医師はジャドソンのほうへ走った。

「生理食塩水だな……ところで、患者の名前は？　仕事は？」

「名前はよく聞きとれませんでした、先生。だけど、作家だとかなんとかわめいていましたよ」

「よし、血中のアルコールを洗い流して、できるかぎり早く仕事に戻ってもらおう。ここの人間全員にとって必要なことだ。記録を……おっと、支えてくれ！」

ふたりは一緒に患者を支えた。嘔吐物の染みをつけて眼を見ひらいた廃人のような男は、よろめきながらいきなり廊下に入った。男は一瞬もがき、次の瞬間にはぐったりと力を抜いて全身をふたりに預け、泣きじゃくった。

「お、雄猫だ」男は泣きながらいった。「あ、あのクソ野郎ども、じ、十メートルくらいのた、高さで……シッポが十八本……それで……それで……」

「それで？」ドクター・マーフィーが尋ねた。

「……で、牡蠣みたいな目玉だった」

ドクター・マーフィーはうんざりしたように笑った。「はいはい。さて、急いで処置をして、酒を抜いて、仕事に戻ってもらうぞ。この人物にはとっておきの仕事があるんだ」

「仕事？　いったい――」

「ね、猫だよ」作家は泣き声をあげた。「それが、どいつもソプラノで歌っていやがって……」

ドクター・マーフィーはうれしそうに男を見おろした。「一級品のイカレ頭だ。強力な変人だ。この療養所の本を書くのにぴったりの人物だよ」

解説

霜月　蒼（ミステリ研究家）

本作はジム・トンプスンが一九五三年に発表した *The Alcoholics* の全訳である。

これはどうにも一筋縄ではいかない小説だ。ジム・トンプスンの小説すべてがそうだとも言えるのだが、本作の場合は、これまでにわれわれがトンプスンのノワール作品から紡ぎ出した「トンプスン用の縄」でも捉えにくいのだ。

以前に私は、ジム・トンプスンの小説は本質的にトンプスン＝主人公の脳内のうごめきを綴ったものであり、それが証拠に作品中に主人公にとって「他者」である人物が登場しない、と書いたことがある（扶桑社『死ぬほどいい女』解説）。まずもって『ドクター・マーフィー』は、その点できわめて異質である。そもそも主人公が見当たらない。三人称叙述の作品は傑作『ゲッタウェイ』をはじめ、他にもありはした。しかしそれらの作品でも、物語はひとりの視点人物＝主人公を軸に進められていた。

いわゆる犯罪小説の筋立てが存在しないのも異色である。三人称多視点の *The Kill-Off* や *The Criminal* も、基本的にはクライム・フィクションであるし、軸となる物語が存在した。ところが

『ドクター・マーフィー』は、マーフィー医師が運営するアルコール依存症患者更生施設《エル・ヘルソ》の入院患者や看護婦があちこちで起こす小さな騒動を描く群像劇の趣なのである。

これはいったい何だろう。もちろん、ジム・トンプスンらしい匂いは、あちこちに立ちこめている。けれど、既存の「トンプスン用の縄」ではどうも捉えにくい。これはいったい何なのだろうか。それをみるために、少し、回り道をしてみたい。そうすることで、「ドクター・マーフィー用の縄」を綯《な》ってみようと思うのだ。

さて、本作の発表された一九五三年というのは、ジム・トンプスンにとって重要な年である。この前年の一九五二年、トンプスンは出世作となる第四長編『おれの中の殺し屋』を刊行した。これ以前にトンプスンは、普通小説に分類すべき二つの長編――*Now and On Earth* (1942)、*Heed the Thunder* (1946)――と、初の犯罪小説『取るに足りない殺人』(1949) を発表しているが、発表年を見ればおわかりのとおり、十年でたった四作という職業作家とは言いがたい刊行ペースである。しかし、『おれの中の殺し屋』の発表後、ペースは劇的に加速する。

一九五二年には、『おれの中の殺し屋』につづいて *Cropper's Cabin*。つづく一九五三年には、本書『ドクター・マーフィー』に加えて、『残酷な夜』、*Recoil*、*The Criminal*、*Bad Boy* と、なんと五作を送り出している。さらに一九五四年には、あの強烈すぎる問題作『死ぬほどいい女』のほか、*The Golden Gizmo*、*Roughneck*、『深夜のベルボーイ』、『失われた男』の五作を刊行。

この怒濤の執筆活動は一九五五年には収束し、年に一冊のペースとなる。一九五二―一九五四年の三年間に、パルプ・フィクションの魔王トンプスンは、まるでカンブリア爆発のごとくに、その恐るべき才能を爆発させたのだった。

これを起爆したのは、ペーパーバック叢書 Lion Books の編集者、アーノルド・ハーノとの出会いだった。

ライオン・ブックスは、一九四九年、ソフトなポルノ風の小説レーベルとして起《た》ち上げられた。やがて同ペーパーバック叢書は、ウェスタンや（いまでいう）パルプ・ノワールといったジャンル小説をペーパーバック・オリジナルで刊行するようになる。

一九五〇年代初頭のジム・トンプスンは、それ以前に三作の長編を出してはいたものの、アルコールに溺れ、また幸運にも恵まれず、才能があることは周囲には認められつつも、鳴かず飛ばずの生活を送っていた。そんなトンプスンは、知人の紹介でライオン・ブックス編集部を訪れ、ハーノと、同僚のジム・ブライアンズに出会う。

同編集部には、出来合いのシノプシス（筋書き）をいくつも収めたマニラ・フォルダーがあった。トンプスンと会ったハーノとブライアンズは、そこから五つほどのシノプシスをトンプスンに手渡した。いずれもありがちな「ハードボイルド／ノワール」のプロットで、トンプスンが最終的に素材として選んだのは、「娼婦に惑わされたニューヨークの刑事がダークサイドに堕ちる」というもの。これが、ミステリ史を揺るがす問題作『おれの中の殺し屋』となってアウトプットされたのである。ちなみに、同作に続くライオン・ブックス刊のトンプスン作品第二弾 *Cropper's Cabin* も、このとき渡されたシノプシスをもとにしていて、アーノルド・ハーノによれば、南部作家アースキン・コールドウェルのパスティーシュみたいな筋書きだったという。

こうしてトンプスンとハーノの化学反応が、ライオン・ブックスを培地として爆発を起こしてゆく。ライオン・ブックス以外のレーベルからトンプスンの作品が刊行されるのは、一九五四年の『失われた男』まで待たなくてはならない。とはいえ、大手の Dell から刊行された『失われた男』の編集担当もアーノルド・ハーノだった。トンプスンの伝記 *Savage Art* の著者ロバート・ポリートは、ライオン・ブックスからあまりに多くのトンプスン作品が出ていたために版元を移したのではないかと記しているが、同作が刊行された一九五四年の秋にハーノはライオン・ブックスを去っており、これ以降、トンプスン作品がライオン・ブックスから出るのは一九五七年の *The Kill-Off* 一作のみである。『失われた男』に続く『アフター・ダーク』（一九五五年、Popular Library 刊だが、ライオン時代にハーノとともに造り上げていったものらしい）からは、執筆ペースが年に一冊程度に落ち着くところをみても、「ジム・トンプスン」をつくったのは、アーノルド・ハーノだったと言っていいだろう。

そして『ドクター・マーフィー』は、そんな《トンプスン爆発》の期間中、一九五三年三月にライオン・ブックスからリリースされた作品なのである。

ジム・トンプスンという作家について少しでも知っているひとならば、「ジム・トンプスンが書いた小説」というものに一定のイメージや期待があるだろうと思う。何せトンプスンはパルプ・フィクションの時代を象徴する巨匠である。ましてや、この作品が『おれの中の殺し屋』や『残酷な夜』や『死ぬほどいい女』といった劇物と同時期に書かれたと聞けば、その期待はさらに明確なかたちをとることだろう。

だがしかし、そういう眼で見たとき、この『ドクター・マーフィー』という小説は異色なものとして映るはずだ。なので、もう少し回り道をしてからこの小説について話すことにしたい。

話は『おれの中の殺し屋』に戻る。この小説が、「娼婦に惑わされたニューヨークの刑事がダークサイドに堕ちる」というシノプシスが連想させるような物語とはビタ一文も重ならないものだということは、同作のあらすじを読んだだけでわかるだろう。

ライオン・ブックスでのハーノとの邂逅《かいこう》ののち、ほんの二週間足らずでトンプスンは『おれの中の殺し屋』を半分がた書きあげた。ハーノはそれを読んで仰天した。トンプスンが元のシノプシスを大きく改変していたからだ。

「ニューヨーク」は「ウエスト・テキサス」に、「大都会」は「石油で景気のよくなった町《ブームタウン》」になり、「ノワールな刑事」は「田舎の保安官補」に——まったくもって「ハードボイルド／ノワール」の定型から外れていた。

そもそもの出自からしても、ハードボイルド／ノワール小説というものは、アメリカ伝統のヒーロー物語たるウェスタンを現代都市に持ち込んだ結果の産物だ。そのロマンティシズムの源泉は都会の憂愁にあったし、それを意匠に昇華したフィルム・ノワールを特徴づけるのは大都市の夜を区切る光と影の幾何学模様だった。ライオン・ブックスのシノプシスも、きっと、そういう物語を励起するものとして書かれたはずだ。だがトンプスンは、そういったハードボイルド／ノワールの道具立てを無視した。そして「法執行官が娼婦によって暗い衝動を目覚めさせられる」というプロットの骨格からサイコパス的な心性を掘り出し、あのサイコパス的な饒舌体を紡ぎ出した……

メトロポリスから、砂色の田舎町へ。闇に光が躍る都会の夜から、白茶けた田舎の白昼へ。ライオン・ブックスのシノプシスから『おれの中の殺し屋』への変容のキモを取り出せば、そういうことになる。これは何か。これはどこからきたのか。

答えは特段驚くべきものではない。ジム・トンプスンの経験。それである。

ジム・トンプスンは都会と縁遠い人間だった。オクラホマ州で生まれ、ネブラスカ州（一九二〇年代のネブラスカがどういう場所だったかはスティーヴン・キングの中編小説「１９２２」を読むとイメージできる）に移り、作家となるまでの日々のほとんどを、そこで過ごした。大学もネブラスカ大学の農学部。やがてオクラホマ州に戻り、そこの作家協会に籍を置いた。オクラホマの共産党にいたこともある。初期の普通小説にはプロレタリア文学の側面もあったとされる。

元探偵の広告マンだったダシール・ハメットや、イギリスの大学を出た企業経営者レイモンド・チャンドラーといった都会のリア充とは違うバックグラウンドの持ち主が、ジム・トンプスンだったのである。

そんなバックグラウンドをパルプ・ノワール小説に導入することを、トンプスンは怖れなかった。『残酷な夜』の煤けた大学町、『死ぬほどいい女』のシケた町とシケた職業、『深夜のベルボーイ』の邦題のタイトルロールとなっている「ベルボーイ」は、ハイスクール時代のトンプスンの仕事で、その頃、トンプスンは過労により心身を壊す。

貧困と煤けた町。不遇な仕事と心身の疲弊。それらのストレスにより崩壊寸前まで押しやられてゆく神経。ジム・トンプスン流ノワールを特徴づける数々の要素は、トンプスン自身の経験に根ざし、トンプスン自身の内面から汲み出されていたということだ。つまりトンプスンは、本質的に、「自分のなかにあるもの」「自分の経験」から小説の材料を掘り出してくる作家だった。さて。ここでようやく『ドクター・マーフィー』である。

舞台はＬＡの南端にあるアルコール依存症患者の更生施設《エル・ヘルソ》。もとはサイレント映画の俳優の家だったという「カリフォルニア風ゴシック」の奇怪な建物だ。そこを所有する医師、パスツール・セムルワイス・マーフィー（すごい名前だ）がとりあえずの主人公。看護婦のルクレチア・ベイカー、看護師のルーファアス、夜間看護師ジャドソンが施設のスタッフとして登場し、入院している患者には〝ジェネラル〟と呼ばれる元名士、女優のスーザン、ピューリッツァー賞受賞歴のある記者バーニー、双子のホルカム兄弟といった面々がいる。

物語は、朝、太平洋を眺めるドクター・マーフィーの姿で幕を開ける。彼の内心では大きな悩みがのたうっている。この小説は、彼の悩みをめぐる、たった一日の物語である。病院が資金難に直面しており、彼は、今日を最後に施設を閉鎖すべきではないかと苦悩しているのだ。この苦境を乗り越えられるかどうかは、名家の一員であるハンフリー・ヴァン・トワイン三世という患者をどう処遇するかにある。しかし《エル・ヘルソ》は、ロボトミー手術を受けさせられて心神喪失状態にあるハンフリーのケアをするのに最適な施設とはいえない。それでもヴァン・トワイン家からうまく資金援助を勝ち取ることができたなら……

というわけで「資金繰り」がプロットの中心線ではあるのだが、これがあまり明晰ではない。物語前面にあるのは、患者たちの会話や、ベイカー看護婦やルーファスとのやりとりといったスケッチの断片なのだ。折々に資金をめぐるマーフィーの苦悩がはさみこまれるし、そもそもの資金問題の核心も、どうもわかったようなわからないような按配で書かれる。物語はこの問題の決着とともに閉幕するものの、どうもこれは、物語に一応の枠をつけるための装置にすぎないようにみえる。つまり『ドクター・マーフィー』は、アルコール依存症患者（と、彼らをケアする人々）の演じる騒動記。のちにスタンリー・キューブリックに乞われて『現金に体を張れ』の脚本の手直しを、主にダイアログを中心に手がけたことからわかるように、トンプスンはダメな男女の会話を書く名手だったから、個々の会話は面白い。けれど、それでも全体がとっちらかってしまっていることをカバーすることはできていない。不思議な作品なのだ。

さきほど『深夜のベルボーイ』について触れたとき、トンプスンはかつて夜勤のベルボーイとして働いていて、身体を壊した、と書いた。じつはこのときトンプスンは、単なる過労だけでなく、過度の飲酒で倒れたのである。その頃のトンプスンはハイスクールの生徒。下校したあと、夜勤についていていた。当然ろくろく寝る間もない。そこで手を出したのが酒だった。その結果、ある日トンプスンは昏倒してしまうわけだ。アルコール依存症はジム・トンプスンの宿痾だった。一九五〇年には、矯正施設に入所していた。一九四〇年代には、くりかえしアルコール依存症の雑誌 SAGA に"An Alcoholic Looks at Himself"というエッセイを寄せていて、題名が物語るように、トンプスンは自身を「an alcoholic」、「アル中」とみなしていた。

『ドクター・マーフィー』は、パルプ・ノワールでもなく、クライム・フィクションでさえなく、強いて言えば諷刺小説と呼ぶべき小説だろう。舞台が中西部でもテキサスでもないのもめずらしく、《エル・ヘルソ》は「モダンな」施設と呼ばれているほどだし、貧困の気配もない。道具立てだけみれば、すこしもトンプスンらしくないのだ。だが、その中心に居座る「アルコール依存症（患者）」というテーマは、トンプスンという男の核心であり、決定的体験だった。本作で光るのは、さまざまなディテールや小さなエピソードであり、それをトンプスンは自身の見聞から引っぱってきただろうことは想像に難くない。本作もまた、『おれの中の殺し屋』がそうだったように、自伝的なモチーフを投入した小説なのだった。

じつは先述の《トンプスン爆発》の期間に刊行された十二作のうち、二作が自伝的小説だった。トンプスンの人生をかなり忠実にトレースしているという *Roughneck* と *Bad Boy* がそれだ。ついついわれわれは、この時代の傑作群（何せミステリ史に残る傑作なのだ！）、『おれの中の殺し屋』『残酷な夜』『死ぬほどいい女』『失われた男』に眼をとられてしまうが、よくよく考えれば、①たった三年足らずのあいだに二冊も、②まだ大したキャリアのない作家が、③ペーパーバック・オリジナルのレーベルから、④自伝小説を出してしまう、というのは尋常なことではなく、ちょっと他に例が思いつかない。アーノルド・ハーノという強い味方がいたとはいえ、よほどトンプスン自身がプッシュしないかぎり、こんなことは起きなかったはずだ。あるいはハーノも、「自身の経験」を投入することがトンプスンの作品をスペシャルなものにしていると気づいていたのかもしれない。

そのハーノが、『ドクター・マーフィー』の執筆意図について、面白いエピソードを紹介している。トンプスンは、本作が自身の出世作となる大ベストセラーになるのでは、と考えていたのだという。「アメリカには四千万人のアルコール依存症患者がいるから、これは四千万部売れるはずだ」というのがその理由だった。

四千万、という数字も怪しいが、四千万人いるから四千万部売れる、というのはもっと怪しい話で、トンプスンが本気で言っていたかどうか、それこそ怪しい。しかし、それまでと様変わりした作品に着手したからには、何かしらの野心があったのは確かだろう。ライオン・ブックス以降のトンプスンの試行錯誤のかげには、「執筆で儲ける」という意識が見え隠れしている。かつて農学部のジャーナリズム講座で、商品としての文章術を叩きこまれたトンプスンは、パルプ作家らしく、あるいは『残酷な夜』に登場する作家のように、「売文業者」であった。

だが問題は、トンプスンが基本的に「脱線」の作家だったことだ。『おれの中の殺し屋』がハードボイルドの因習から脱線した部分で歴史に残ったように。『ゲッタウェイ』終盤の《エル・レイの王国》が強奪小説の構造からは余分な部分であったように。トンプスンの一人称文体の異形なグルーヴが、外界の描写や明確な感情の描写ではなく、不可解なたわごとの連なりから生まれていたように。

『ドクター・マーフィー』でも、マーフィーを襲う自殺衝動をともなった人格の分裂や、根拠のない悩みの切実さは奇妙に読み手の心を捉える。ベイカー看護婦の言動の奇矯さもこちらの心をかき乱す。そんなマーフィーの悩みや分裂は『おれの中の殺し屋』のルー・フォードのそれの変奏だし、ベイカーのねじれたリビドーは――彼女の肉体的欠落と合わせて――『残酷な夜』や『死ぬほどいい女』のヒロインたちと重なる。いずれもトンプスン一流の「脱線」の産物だ。

放っておくと、然るべきプロットから「脱線」してしまう。それがジム・トンプスンという書き手だった。ついつい自分の脳内にあるものを野放図に原稿用紙の上に叩き出してしまう。それを統御できたのは、犯罪小説という枠組みのあるときだった。そこを離れようとしたとき、脱線は物語を蚕食し、崩壊させる。そこに残るのは、ジム・トンプスンという男の脳がアウトプットした、記憶と思考と妄想の断片だ。

ライオン・ブックスを離れたあと、トンプスンはより大きな創作の自由を得て、またエンタテインメント作家としての成功を夢見て、さまざまな作品のプロットを出版社に提出した。そのなかにはスパイ・スリラーらしきものまであったし、大スケールで都会的なミステリもあった。だが、いずれも書かれることはなかった。結局、トンプスンのキャリアを支えたのは、『ゲッタウェイ』であり『ポップ1280』だった。

『ドクター・マーフィー』は、ゆるいテリーヌのように、構成要素が全体として明確なかたちを持たずに広がった散漫な作品である。しかしそこには「ジム・トンプスン」の妄想と体験を映す脳波が、パルプ・ノワールのフィルターを介さずに刻まれている。傑作群だけをみていては決してわからないジム・トンプスンの重要な側面を、本作はあらわにしているのである。矯正施設《エル・ヘルソ》は、《エル・レイの王国》がそうだったように、閉ざされた世界、トンプスンの脳内なのだ。

さて、本書ラストには、アルコールで錯乱する作家の姿が描かれている。これがトンプスン自身の戯画であることは明らかだ。『ドクター・マーフィー』を書いたライオン・ブックスの時代は、彼がアルコールの問題から遠ざかっていた例外的時期だった。いや、だからこそ書けたのかもしれない——過去の自分の醜い姿として。

だがそうではなかった。それは過去のものにはならなかった。

ライオン・ブックスを離れたあと、トンプスンの執筆の間隔は空く。これは作家としての成熟や成功を物語っていたのではない。トンプスンは理解者アーノルド・ハーノと仲違いをする。そして先述のように、創作上の問題に突き当たる。そして、そのストレスによって飲酒を再開してしまうのだ……

＊参考文献
SAVAGE ART: A Biography of Jim Thompson, Robert Polito (Vintage, 1996)

訳者略歴

高山真由美

東京生まれ。青山学院大学文学部英米文学科卒。訳書に、M・J・カーター『紳士と猟犬』、リサ・バランタイン『その罪のゆくえ』、リー・カーペンター『11日間』(以上、早川書房)、ハンナ・ジェイミスン『ガール・セヴン』(文藝春秋)、ポール・タフ『成功する子 失敗する子』『私たちは子どもに何ができるのか』(英治出版)など。

ドクター・マーフィー

2017年11月10日初版第一刷発行

著者：ジム・トンプスン

訳者：高山真由美

発行所：株式会社文遊社

東京都文京区本郷4-9-1-402　〒113-0033

TEL: 03-3815-7740　FAX: 03-3815-8716

郵便振替：00170-6-173020

装幀：黒洲零

印刷：中央精版印刷

The Alcoholics by Jim Thompson

Originally published by Lion Books, 1953

　ISBN 978-4-89257-142-8